「なちさん……そこ、うずうずして……ぁっあ
「わかってる。これからは、イきたいときは俺に言ってくれ。
いつでもどこででもイかせてやるから」

敏腕検事に助けられたら、手加減なく愛されました

〜運命のイチャ甘同居〜

玉紀 直

Vanilla文庫Miel

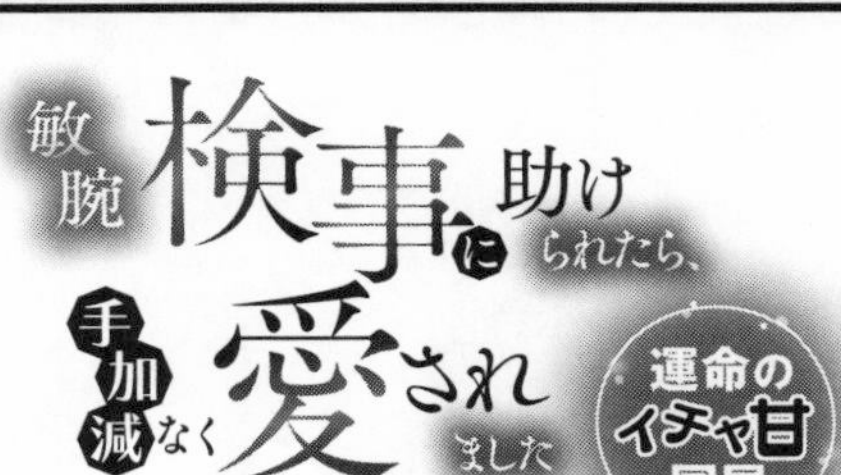

contents

イラスト／炎かりよ

プロローグ

「運命の人だと思うんです」

まさか自分が、こんなセリフを言う日がくるなんて思っていなかった。

運命の出会いとか奇跡とか、そんな夢のある響きを持つものはとうの昔に見限った。いつもそばにあるのは逃げようのない現実だけ。

運命の人――ロマンチックなこの言葉も、春野(はるの)麗(うらら)にとっては陳腐でしかない。

そう、陳腐でしかなかったはずなのだ。彼に出会うまでは……。

なのに麗は今、その言葉を口にしている。心からそう思うからこそ口に出した。

終電もなくなった駅のホームには、麗の他に男性がひとり。ベンチに並んで座った彼は、今まで麗を介抱してくれていた。

麗は酔っぱらっているわけではない。探し求めた彼をやっと見つけ、感動のあまり失神してしまったのだ。

そんな麗を、彼は終電を逃すにもかかわらず見捨てずに介抱してくれた。冒頭のセリフは、もちろん彼に向けて言ったものであり、心からそう感じているからこそ、お願いをする。

「だから、結婚してください。――久我那智さん」

すがるような眼差しを向ける麗を、那智は切れ長の涼しい目で見つめる。

端整な顔立ちは造形が優れすぎていて、見られるだけで照れくさくなってしまう。奥二重気味なのか、わずかにまぶたを落とした表情が男らしいのに艶っぽくてとても綺麗だ。

スーツの着こなしもスマートで品がある。検事として法廷に立つことも多いそうだが、こんな男性が法廷にいたらそこにいる人はみんな彼しか目に入らないのではないか。

実際麗も一週間前、彼を一目見た瞬間目が離せなくなって、乗客が彼ひとりだけのガラガラの車両なのに引き寄せられるように隣に座ってしまった。

そして、彼にもたれかかって眠りこけてしまった。だがこれこそが、那智を〝運命の人〟だと確信する理由なのである。

麗は重度の不眠症で、睡眠がきちんととれない日がずっと続いていた。それなのに、那智の隣に座った瞬間、まるでシャボン玉に包まれたかのような大きな安心感を得て眠りに引きこまれたのである。

――この人は、大丈夫。

麗の心と身体が、那智のそばにいることを望んだ。三十分間、死んだように熟睡した。

あんな安心感を与えてくれる人に初めて出会った。自分を救ってくれる人はこの人しかいない。そんな気持ちから「運命の人」という言葉は麗の口から滑らかに発せられたのである。

「春野さん……、麗さん、でしたね」

「は、はいっ」

返事の声が裏返る。名前を呼ばれただけで鼓動の速さが増した。

「以前お会いしたときも求婚されました。その理由は、私のそばにいると安心して眠れる、というものでしたが、今回も同じなんですか？」

「はい、そうですね。……あの、すごく安心できるので……」

優しすぎず、でも厳しくはない質問口調。年齢は三十代半ばくらいだろう。二十五歳の麗よりずっと年上なのに、年下を見下した話しかたをしない。

好感度が右肩上がりである。

「今は？　そばにいますけど眠いですか？」

「気持ちがふわふわしていい気分なので、寝ようと思えば寝られそうです。以前、久我さんに寄りかかって寝てしまったじゃないですか。今寄りかかったら、また寝られる自信があります」

アハハと照れ笑いをする。いきなりグイっと肩を抱き寄せられ、那智の胸のなかに抱きこまれた。

（ふあっ⁉）

理解不能な出来事に動揺する。一瞬身体が固まるものの、なんともいえない心地よい光に包まれたようなあたたかさが全身に巡り、脱力した。

（……久我さん……気持ちいい……）

本能のまま那智のスーツの襟を両手で摑み、彼の胸に頭を押しつける。ほんわりと蕩けて、このまま眠ってしまいそうと感じたとき身体を離された。

「くっついたら眠れるというのは、本当のようですね」

ふむっと納得して小さく首を縦に振った那智は、今度は顔を近づけて麗の顔を覗きこむ。もちろん、鼓動は速くなるいっぽうだ。

「目が充血しています。メイクを直していないせいもあるでしょうが、目の下のクマも健在だ。不眠症は相変わらずみたいですね」

「はい……」

「睡眠不足というものは精神的マイナス要素が多いんですよ。自分ひとりだけが世界に取り残されている気分にさえなる。世界中の人々が自分の悪口を言っていると思いこむくらい精神を病ませる。思考も鈍らせる。決してよいものではない。そんな睡眠不足が続いている春野さんは、気持ちが投げやりになっている可能性も否定できないんです。誰か助けてくれないだろうか、誰かに今の状況を変えてもらえないだろうか。自分が置かれた状態にないものを求めて、それを救済としたい。あなたは、私にその救済役をあてているだけではないですか？」

「は……」

返事をしかけて、息を止める。――違う、そんなんじゃない。

那智が言っていることは間違っていない。睡眠不足が身体にも精神的にも悪いというのは、麗にもわかっている。息をつく間もなく一気に正論を浴びせられて、流されるように首肯しかけたが……違うのだ。

「違い……ます」

近すぎてとても直視できないが、那智の顔をちらちらと見ながら否定する。小さく息を吐いて、彼がやっと顔を離してくれた。

「わかりました。まず、少し眠らせてあげます。すっきりした頭で、改めて考え直しましょう。立てますか？」

ベンチから立ち上がった那智が麗に手を差し伸べる。摑まってもいいのだろうかと半信半疑で片手を預けると、ゆっくり引っ張り上げられた。

「いくらなんでもここで寝るわけにはいかないので、適した場所に移動します。――起きたらきっと、くだらない逆プロポーズなんかした自分が恥ずかしくなるだろうな。……さあ、行きましょう」

「は、はいっ」

さらっと……毒を吐かれたような気がするが……、気のせいだろうか。

（でも、眠れる場所って……）

那智とくっついていなくては睡魔はやってこない。だとすると、彼とくっつける場所に行くということになる。

預けた片手は繋いだまま。ふたりでくっついて眠れる場所とは、と考えると頰どころか顔全部が熱くなってくる。

動揺しつつ寝不足で鈍った頭で、麗は那智と出会った日のことを思い返していた――。

第一章　見つけた！　運命の人！

心はいつも、運命の人を待っている。

そばにいるだけで安心できる人。

言葉なんか交わさなくても、自然と寄り添っていられる人。

このゆるやかでおだやかな地獄から、逃がしてくれる人――。

本当はそう願いながら、諦めきっていた。


「皆さん、残業お疲れ様です～」

オフィスのドアが開かれる音と元気のいい明るい声が響き、室内に満ちていたキーボードの打鍵音が嘘のように消える。

麗も指を止めた。

（……あとEnterキーだけだったのにな……）

そうしたらこの伝票が終わって、次へ行けたのに。

ゆるやかな不満が募る。しかし自分だけ作業を進めるわけにはいかない。みんなが手を止めているのだ、当然それに倣わなくては。

職場で大切なのは、協調性だ。

——特に、こういう雰囲気の職場では。

「差し入れ。食べて頑張ってね。でも無理はしないでよ」

「わー、ありがとうございますー、常務」

「いいにおい～、急にお腹すいてきたぁ」

「このにおいは罪だよね～」

オフィスには揚げたチキンのスパイスのにおいが充満している。特徴のある香りは食欲を刺激してきて、今まで空腹など感じていなかったのに急に胃が空っぽになった気がした。

空腹になった気がしているだけかもしれない。

「麗ちゃんも、ほら、休憩して食べて」

常務の波多が近寄ってきた。細身で背が高く、色白で、頭頂部がいささか寂しい。申し訳ないと思いつつ、〝もやし〟が頭に浮かぶ。

常務とはなかなかの出世だが、この株式会社データクリエーションは一族経営で、常務は社長の次男だ。ちなみに長男は専務である。

ついでに言えば、専務は麗の父親の友人、常務は大学の後輩だ。

「はい、いただきます。ありがとうございます、常務」

あたり障りなく返しながら立ち上がると、それに満足したのか波多が離れていく。麗はミーティングテーブルへ向かい、差し入れを開けている先輩を手伝った。

「ポテトはボックスだからここに置いておいて、食べたい人が好きなだけ持ってけばいいよね。チキンは……ペーパーナフキンの上に置けばいいか」

さっさと差し入れを捌(さば)いていくのは、先輩の由喜美(ゆきみ)である。オフィスでは最年長の三十歳。女子社員の中では一番勤務歴が長く、いわゆる〝お局(つぼね)〟ポジションなのだが、その言葉を使うのははばかられるほど明るく若々しい。

おそらく、五つ年下の麗よりもはつらつとしている……。

「おしぼり、あたしふたつもらうね。んーと、チキン十二個あるから、ひとりふたつつ持ってって。あたしこれとこれ」

手早いのは慣れもあるだろう。手際がいいと言えば聞こえはいいが、ようは自分が好きなようにやりたいだけ。

残業をしているのは六人。誰の意見も聞こうとはしない。できることなら麗はペーパーナフキンに置くより、面倒でも給湯室から紙皿を持ってきたかった。

(紙おしぼり、六枚しか入ってない。由喜美さんがふたつ持っていっちゃったら、ひとりぶん足りないのに)

そう指摘すればいいのかもしれない。しかしそれも面倒だ。

（……わたしが遠慮すればいいか）

「ほら、ぼーっとしないよ、麗ちゃん。大きいの持ってきな」

チキンをふたつペーパーナフキンの上にのせた由喜美が、麗に差し出す。反射的に受け取ったものの、渡されたのが大きな部位なのを見て慌てて口を開いた。

「あっ、わたし、一個でいいですよ、小さいやつ」

「なに言ってるの、若いんだからそのくらい食べられるでしょ。麗ちゃんガリガリに細いし、遠慮しないで食べなよ」

「ガリガリというほどでは……」

「いや、もう少し太ればいいのにって、かわいそうな子を見る目になっちゃうレベルで細いよ。なんていうの？　ちょっと病的？　色が白いからそう見えちゃうのかな。服装も地味だし、よけいにかわいそうな子に見えちゃうのかも」

アハハと笑って由喜美は自席へ戻っていく。かわいそうな子とか病的とか服装が地味とか、由喜美の性格を知らない人が聞けばとんでもない悪口に聞こえるだろう。

由喜美はこういう性格だ。すっかり慣れているので意地悪をされたという気持ちにもならない。

（地味、か……）

改めて自分の服装を確認する。スタンドカラーの白いブラウスに膝下丈の紺色ヒダスカート。だいたい毎日こんな組み合わせだが、以前来社した年配の女性に「昔の女学生みたいね」と言われたのを思いだした。さらにピンクのカーディガンを羽織(はお)っていたときは「古い映画に出てくる小さな会社の事務員みたい」と同僚に言われたことがある。

地味だとか古くさいとか、あまり意識したことはない。だからといって、この服装に満足しているかと聞かれたら、返答に困る。自分自身の〝好きな雰囲気の服〟は別だからだ。

――けれど、その〝好き〟を実行しようとは……思えない。

チキンを見つめ、こっそり取りかえようかと思ったが他の四人がすでに選び終えていた。誰かと交換してもらうのも角が立つかもしれない。諦めて自席へ向かう。背後から別の先輩が「麗ちゃん、ポテトはー」と声をかけてきたが「チキンおっきいから大丈夫です～」と断った。最近、多めに食べると胸焼けがしてしまうのだ。

「それじゃあ、皆さん、よろしく。くれぐれも無理はしないでね」

にこやかに常務がオフィスを出ていく。「ありがとうございまーす」と声をそろえてお礼を言ってから、おのおの食べはじめた。

「常務、相変わらず気がきくじゃん」

「しょっちゅう差し入れくれるよね」

「そりゃあ、こっちは終電間近まで働いてあげてるんだし。自分はほぼ時間どおりに帰るし。後ろめたいんじゃないの～？」

「残業代は出るし差し入れも出るし、上司は威張らないし。やりやすいよね」

「残業代、やっすいけど許す」

「それな～」

その会話には加わっていなかったが、残業メンバーみんなが笑うので、麗もおつきあい程度に笑った。

これがこの会社の日常だ。上役は社員に気を配ってくれるし、パワハラやらセクハラやらもない。社員みんな仲がいい、俗にいうアットホームな職場というやつだ。

まだ続いているキャハハハと楽しそうな笑い声を人ごとのように感じながら、麗はチキンを持ったまま途方に暮れる。

チキンがのったペーパーナフキンは一枚をふたつ折りにしたもの。油分がしみて手のひらがべとべとだ。

このまま給湯室へ駆けこんで紙皿を使いたい。しかしそれをやっている人はいないから、ひとりだけやるのも気まずい。

由喜美は、ペーパーナフキンの下に店の袋を敷いている。要領がいいなと考えると、自分が悪いだけかと諦めがついた。

油ジミを覚悟でチキンをメモ用紙束の上に置き、ハンカチを出して給湯室へ向かう。手を拭くにも乾いたハンカチではべたつきが残る。

（めんどくさいものを差し入れにするなぁ……。どうせなら手が汚れないもののほうが助かるんだけど）

「美味しい～。常務、神じゃん？」

「神だけど髪は薄い」

「ひどいなぁ。でも自分で言ってるよね～」

「自虐ネタってやつだよね」

「食べてさっさと帰るぞぉ」

聞こえてくる声はどれも楽しげで明るい。差し入れを喜び、残業にも前向きで肯定的に受け入れている。

……なんとなく、手が汚れるだの油分がしみるだの小さいのがよかっただの二個も食べられないだの、そんなことを考えている自分が間違っている気分になってくる。

給湯室でハンカチを濡らすついでに手を洗う。冷蔵庫から作り置きのアイスコーヒーを出し、グラスに注いでブラックのまま一気飲みをしてから大きく息を吐いた。

「……今日も終電かな……」

最近、終電以外で帰った覚えがない。いつからだろう。こんなに残業ばかりするようになったのは。

カーディガンのポケットには会社の出入り口の鍵が入っている。最後に帰るのがいつも麗なので、当然のように渡されるようになった。

会社は小さなオフィスビルの二階に入っていて、帰りに施錠をしたら警備員室に預ける。朝は最初に出社した社員が鍵を受け取る。

仕事はひたすら伝票の数字を打ちこむ作業。株式会社データクリエーションは、様々な伝票や日報の作成を請け負う会社だ。

特別なスキルは必要ない。ただ目の前に出てきた数字や文字を、該当する様式に打ちこんでいけばいいだけ。

仕事は途切れないし、どんなに片づけてもなくなることはない。終電まで残業をしたってすべては終わらず明日に持ち越す。契約している会社が稼働すればするだけ伝票も日報も発生するのだから、当然だ。

仕事があるのは会社にとっても社員にとってもいいことだが、よくない面もある。

キャリアアップを望めないのだ。

流れ作業で数字と文字を打ちこむだけ。そこに自分の知識や思考はいらない。見たとおりに手を動かせばいいだけだ。

並ぶ英字や記号や数字は商品番号かもしれないし部品番号かもしれないし指示番号かもしれない。地名も行動も人の名前も英数字で簡略化され、なんのことかわからないままに伝票や日報が仕上がっていく。

わかる必要などない。ただ仕上げていけばいいだけだ。専門的な知識もなにもいらない。

『ここにいたら、社会的に駄目になる。ここ以外で働けなくなりますよ。だって、なんにも頭を使ってないじゃないですか』

そう言って辞めていった年下の社員を、今まで何人見てきただろう。

『春野さん、いい大学出てるのに、どうしてこんな会社に捕まってるんですか？　一緒に辞めましょうよ』

そんなことを言ってくれた人もいたけれど、麗は今でも働いている。麗のあとから入社した人たちはみんな辞めていってしまった。そのおかげで、二十五歳になっても麗が一番の若手だ。

「……どうしてこんな会社に……か……」

かつて投げかけられた言葉を反芻（はんすう）し、それを身体に戻すがごとく再びブラックコーヒーを一気飲みする。

麗は国立大学出身だ。特に秀でた成績ではなかったが、悪くもなかった。そこそこの成績で問題なく卒業した。

大学は両親の希望で受けた。ひとり娘が国立大に通っていることを自慢にもしていた。そして就職は、父の指示で父の友人と後輩が役員になっている会社に入社した。それがここだ。

大学時代は、それなりに進みたい道や働いてみたい企業などもあったし、友だちや同期生の夢を聞いて自分もなにかやりたいと希望を持ったこともある。

――夢をみていたのだ。社会に出たら親の束縛から〝自由〟になれると。

実家から遠いのでひとり暮らしを許された。そのおかげで残業三昧でも文句を言われることはない。

（借金を返すために残業してるなんて、絶対に言えないもんね……）

ハアッと溜め息をつき、グラスを洗う。早く仕事に戻ろう。終電に間に合う時間までに、キリのいいところまでやってしまいたい。

もう少ししたら、この残業三昧からも解放される。借金を返し終わるからだ。

返し終えたら今度は少しずつでも貯金がしたいし、残業は無理のない範囲でしよう。

そうだ、借金を返して、少しでも負担が軽くなれば……。

きっと、――この不眠症も解消されるはずだ……。

不眠症になったのは、いつからだったろう……。

人気のないホームに立ち、麗はぼんやりと考える。

ぬるいような、冷たいような、体感温度がおかしいのではと不安になる春の半宵。ホームのどこかでガラガラガラと缶が転がるような音が響き、記憶の裾を引っ張る。

（あー、そうか、騙されて借金背負ったときからだ……）

引っ張られた裾から顔を覗かせる記憶。騙されたんだと悟ったとき、持っていた炭酸ジュースがアパートの外階段を転がっていった。ガラガラガラと転がる音がやけに大きく響いて、最後には缶が裂けて中の液体が噴き出した。

親の束縛から逃げたかった。ひとり暮らしができているうちに結婚相手を見つけて、自分の家族を作ってしまえばいいのでは……、なんて浅はかなことを考えるほど追い詰められていた。

しかし麗に恋愛のスキルはない。会社に出会いなんて絶対にないし、恋を求めて夜の街へ繰り出せるような性格でもない。

こういうときは結婚相談所だろうか。しかしどこをどういう基準で選んだらいいものかわからず、ひとまずネットで目についた無料マッチングアプリというものをやってみた。

すぐにマッチングした男性は、とても優しくておだやかで話が面白くて……早い話が〝いい人〟だったのだ。

二回目に会ったとき「公園の緑を守る署名活動なんだ。上司に頼まれてさ」と苦笑いをして協力を仰がれた。悪いことではないし、……署名をした。

――それから、彼とは連絡がとれなくなり、麗のもとには百五十万の請求書が届いたのである。

署名をしたのは、公園の緑保護活動、などではなく、借金の保証人欄だった……。騙されて保証人にされたなんて、恥ずかしくて誰にも話せない。親になんてもってのほかだ。恥ずかしい前に怖い。

幸い、払えないほどの額ではない。貯金を崩して払い、残りを月払いにした。早く支払ってしまうには残業で稼ぐしかない。そのときから終電前までの残業生活がはじまった。

同時に、いろいろと不安で眠れなくなってしまったのだ。

借金のせいもあるが、このことが親に知られたらどうしよう。残業ばかりしてると専務から親に伝わりでもしたら、どうしてそんなに残業ばかりしているのかと問い詰められるだろう。そこから結婚マッチングアプリのことがばれたりしたら……。

人間、不安が大きいときには悪いことばかりを考えがちだ。麗もご多分に漏れず不幸な未来ばかりを頭に描き、自らを追い詰めてしまった。

毎日なかなか眠れない。目は閉じているが寝た気がしない。寝たのか起きていたのかわからない。そんな日々が続く。

「……疲れたなぁ……ぐっすり寝たいなぁ……」

ぽつりと呟く。かすかに吹いてくるささやかな夜風にあおられただけなのに、頭がぐらぐらと左右に揺れ動く。

（わたし……このまま死ぬんじゃないだろうか……）

物騒なことを考えた思考は、でも死ねば眠れるよね、などとさらに物騒な方向へ進む。

「……たすけて」

口に出したら、誰か助けにきてくれないだろうか。

それこそ、運命の人が現れて、この状況から救い出してくれないだろうか。

子どものころに見た絵本の王子様のように、不遇のお姫様を救い出して幸せにしてくれる。

そんな人が……現れてくれたら……。

頭がぼんやりする。胃が重くて息苦しいせいか、よけいに身体が重い。ただでさえ寝不足と疲労で胃腸が弱っていてまともに食欲が湧かないのに、揚げ物をふたつも食べたせいかもしれない。

脳の表面をぐるりと撫でるような音が響く。電車が入ってくる気配と振動に一瞬気が遠くなった。

帰ったら、すぐベッドに入ろう。眠れなくてもいい、ただ横になりたい。今日はお風呂に入ったらそのまま動けなくなりそうで怖い。明日の朝にでもシャワーを浴びればいい。

電車のドアが開く。足を踏み入れた車両はガラガラだった。

――乗客は、たったひとり。

（人……いる）

その人は、入ったドアのすぐ向かい側に座っていた。

目が惹きつけられる。

その人の周囲だけ空気が違う。色さえも違う。

男性だ。スーツ姿が洗練されて見えるのは、こんな時刻だというのに背筋を伸ばし脚を組んだ姿が少しもくたびれていないからだろう。

そのせいかとても落ち着いて見える。ずっと手帳を眺め、なにか考えこんでいるようでもあった。

——どくん……と、全身が脈打った。

なぜだかわからない。

けれど、なぜか、その人に気持ちが引きつけられた。

——そばに行きたい……。

心のままに足が進む。目は彼を見つめながら、麗は隣に腰を下ろした。

——ふわっと……心が柔らかくなる……。

張りつめていたものが一気にゆるんでほどけていく。全身を縛りつけていたものが、シュウッと音をたてて蒸発するように消えていく。

この感情は、なんというものだったろう。

ずっとずっと、忘れていたような……。そもそも、持ったことがあっただろうか。憧れていただけかも。

（ああ、わかった……）

麗は意識が遠のくのを感じる。

（この感情は……）

――――安心感だ。


遠のいた意識が、やっぱりやめたと戻ってきたような、そんな束の間の出来事だったように思う。

ただ、なぜか麗はまぶたを閉じていて、頭をなにかに寄りかけて身体を楽にしている。

（あれ？　わたし……）

もしかして〝寝ていた〟のではないか……。

「ん……」

まさか。しかしなんとなく感覚が違う。まぶたを閉じていただけにしては、いつものように泥沼から這い上がってきた気分ではない。

お湯につかってリラックスしたあとの、お風呂上がりのような気持ちよさ……。

「おや？　目が覚めましたか？」

落ち着いた深い声。優しくて、でも厳格で。頼りがいを感じさせる……声。

麗はゆっくりとまぶたを上げる。

目の前に、麗の顔を覗きこむ、作り物のように綺麗な顔があった。

「ひっ！」

恐怖なのか驚きなのか自分でもわからないままに声をあげ身体を引く。しかしどうやらベンチに座っているらしく、背中が背もたれについただけだった。

「三十分。ほぼ想定どおりです。目を覚ましてくれてよかった。いくら春先でも、こんな場所で夜明かしはご免ですから」

「こんな……場所……」

麗は周囲を見回す。人がいなくて真っ暗ではあるが、いつも利用している駅の前だ。駅前広場のベンチに、この男性とふたりで座っている。

（え？　なんでこんなところに座ってるの……。わたし、終電に乗ったよね。いや、ここにいるってことは降りたってことなんだろうけど……）

降りた記憶がない。わけがわからずキョロキョロしていると男性が説明をしてくれた。

「あなたが電車に乗り、私の横に座った。寄りかかり眠ってしまい終点になっても起きない。ここまでで十分。仕方がないのでおぶって降りました。このベンチにたどり着くまでに十分。そのまま寝せておいて、起きるまで十分」

話を聞きながら、男性の顔をじっと見つめる。綺麗な顔だ。綺麗というか男前というか、ちゃんと男性的なのに〝綺麗〟という表現があてはまる。

年のころは三十代半ばくらい。スーツ姿がとても上品だ。こんな夜中なのにネクタイの乱れひとつない。髪も綺麗に整えられていて、これが一日の終わりを告げる終電に乗っていた人とは思えない。

（こんな男の人……初めて見た……）

彼は、先ほど麗が電車に乗ったときに惹きつけられた男性だった。

乗りこんだ車両はガラガラで、乗客は彼ひとりしかいなかった。普通なら離れた場所に座るだろう。けれど麗は彼が醸し出すオーラに魅せられ、隣に座ってしまった。

あのとき感じた安心感は、まだ麗のなかにある。この男性から流れこむように享受できる。

安全か危険かで人を判断することはあっても、安心感を得られるかどうかという基準で人を見たことがない。安心など人に感じたことがないのだ。――親にさえも。

生まれて初めて、〝安心感〟というものをもらった。眠ってしまったのはそのせいだろう。

（眠れた……。三十分も。……わたし、三十分、爆睡したんだ）

信じられない。眠れたなんて。

ガラガラの車両でいきなり隣に座ってきた見知らぬ女なんて、気持ち悪いだろう。あまつさえ眠ってしまったのだ。席を移動したっていいはずなのに。

寄りかかったまま眠らせてくれたうえ、終点になっても起きない麗をおぶって電車を降り、駅前のベンチに座らせて起きるまでそばにいてくれた。

麗は彼がくれた安心感に溺れて、三十分爆睡したのだ。ずっと眠れなかったというのに。

なんていい人なのだろう――。

（えっ‼　運命の人じゃないい⁉）

はたと思いつき、心は大いに盛り上がる。彼を見たときに自然と目が惹きつけられた。彼のオーラに全身が脈打ち、全神経が降伏した。

そばにいたいと、潜在意識下で感情が動いた。

これが、運命でなくてなんだというのか。

「ベンチに置いて去ることもできたのですが、しれっと寄ってきてお持ち帰りを決めこむ悪い人間がいないとも限らない。こんな場所ですから、そんなに長くは寝ないだろうと考え、付き添っていました」

なんという心遣い。おかしな男に連れていかれないよう守ってくれていたのだ。

「一応、鞄の中などチェックしてください。ポケットのパスケースにはさわりましたが、他は一切さわっていません。あとで物がなくなったと言われても困るので」

「そ、そんな、ここまで親切にしていただいたのに、そんなこと言いません」

「信用していただけて嬉しいです。ありがとう。もう少し疑ってもいいんですよ？」

「いいえっ、そんな悪いことをする顔には見えませんっ」

両手で握りこぶしを作って力説する。彼がちょっと目を見開いた。ここは「顔」ではなくて「人」と表現するのが正解だっただろう。まるで「顔がイイから悪人に見えない」と言っているようだ。

「なんていうか、あの、人柄って顔に出るかなって思うんです。そんな、人の物に手をつけるような方には見えないし、お持ち帰りする人にも見えないし、だいいち、鞄を漁った人はずっとそばにいないですよ。盗るもの盗ったらいなくなると思います」

言い訳なのか弁解なのか自分でもわからなくなってくる。違うのだ、こんなことを言いたいのではない。

お礼を言って、彼の隣で眠れたのがどんなにすごいことなのかを説明したい。そのうえで、彼に安心感をもらったことや醸し出す雰囲気に惹きつけられたことを説明して……。

考えれば考えるだけ気持ちが焦ってくる。彼に感じているこの運命的な感情を、どう表せばいいものか。

「よかった、信用してもらえて。ちょうどあそこにタクシーが停まっていますから、こちらに回ってもらいましょう。こんな時間ですから、家が近くてもタクシーを使ってください」

彼は立ち上がり、タクシーに向かって手を振る。タクシーのほうも終電後の駅前で人影を見つけて待機していたのかもしれない。すぐにヘッドライトを点滅させ合図をよこした。

「あ、あのっ……！」

麗は慌てて立ち上がる。少しふらついたが、ここで弱ってはいられない。このままではなにも言えないまま彼と離れ離れになってしまう。

（せっかく、運命の人を見つけたのに！）

なにを言えばいい。まず、なにを言ったらいい。

彼に伝えたいことはたくさんある。この気持ちをひとことで言い表す術はないものか。そして、また彼に会いたい。

タクシーが近づいてくる。このままでは駄目だ。なにか、決定的なひとことを。

彼の腕を両手で掴む。凛々(りり)しくも綺麗な顔がこちらを向くと、麗は心が赴くまま口にした。

「わたしと、結婚してください！」

――言った次の瞬間、血の気が引く。

（そ　う　じゃ　な　く　て！！！！）

間違いではない。最終的な着陸目標地点は間違いなくそこだ。

こんな安心感をくれる男性になど、もう二度と出会えない。出会ったばかりだが、麗は彼のオーラに魅了されきっている。

だが、このタイミングではない。

焦燥感がとんでもなく募ってくる。会ったばかりの女、それも迷惑をかけられまくった女にいきなりこんなことを言われたら、引かれるに決まっている。

説明しなくては。

「あ、あのっ、あなたのそばにいると安心して眠れるんです！」

「……それが、結婚したい理由ですか？」

「は、はいっ、いえ、違くて……」

落ち着こう。落ち着かねば。どうして眠れるのかもしっかりと説明しなくては駄目だ。不審がられる前に取り繕おうとする。が、彼はふわっと微笑んだのだ。

（え……？）

なんて優しくて、心の裡にスルっと入ってくる微笑みなのだろう。見ているだけですがりつきたくなる。

あれだけ大きくなっていた焦燥感もすうっと溶けていった。やはり彼は麗にとって特別な人だ。

「あの……」

一歩踏みだす……と、彼の腕を摑んでいた手を引っ張られ、タイミングよく開いたタクシーの後部座席にポイっと放りこまれてしまった。

「運転手さん、この子の家までお願いします。住所は本人に聞いて。ここから近くても文句は言わないでね。はい、タクシー代。お釣りはいらないから、確実に届けてあげて。ドア閉めて、すぐ出してくださいね。よろしく」

彼はひとしきり運転手に指示を伝え、タクシー代らしき万札を渡す。すぐにドアが閉まり、彼が窓の外で微笑みながら手を振った。

……その一部始終を……麗は放りこまれた勢いで座席に半分突っ伏した体勢のままで、見ていたのである。

「いやあ、気前のいいお兄さんだねえ。お姉さんフラれちゃったの？　残念だったねぇ～。で、どこまで行きます？　近くなの？　平気平気、遠慮しないで」

ゆっくりと車を走らせ、運転手はご機嫌である。「釣りはいらない」で万札を渡されていれば、近くたって平気だろう。

なにか誤解をされているのが恥ずかしくて小声で住所を告げると、思った以上に近かったためかよけいにご機嫌になった。

「すぐ着くからね～」

すぐ着くのは当然。歩いたって十分もかからない。駅近く、セキュリティも完備された女性専用アパートである。

体勢を立て直す間もなく、あっという間に到着してしまった。走り去るタクシーを見ながら、なんだか狐(きつね)にでもつままれた気分になる。

（今……なにが起こったんだっけ）

運命の人に出会った。なにひとつ伝えられないまま、最終目標的なことだけを口走ってしまったのだ。

――――わたしと、結婚してください！

（なに言ってるかなあ！　慌てすぎでしょう‼）

急に恥ずかしくなってきた。麗は急いで部屋へ向かう。

全十室、二階建てアパートの二階、二〇八号室が麗の部屋である。二階だが、ロフト付き物件なので少々階段は長い。外付けの郵便受けから郵便物を取り出し、部屋へ入る。

「ただいま～」

ひとり暮らしにありがちな癖、誰もいなくても「ただいま」を言ってしまうというやつだが、いつも口にするわけではない。むしろしないほうが多い。帰宅しても声など出ないのだ。出るのは溜め息ばかり。

今日は身体が軽かったせいか、スルっと口から出た。三十分でも熟睡できたからかもしれない。

ソファに身体を落とし考える。コーヒーでも淹れようか、それともお風呂に入ろうか。会社にいたときは入浴なんかしたらそのまま動けなくなってしまいそうだと感じたが、今は入浴する体力はある気がする。

買ったまま積んである本でもめくってみようか。ウォッチリストに入れるだけ入れて、それっきりになっている映画を観るのもいいかもしれない。それとも通販で買おうと思っていた下着のセットを申し込むとか……。

珍しくいろいろとやる気が出る。あれもこれも熟睡できたおかげの気がしてきた。

「あの人のおかげ……。あー、馬鹿だなあ……名前、聞いてないよ……」

後悔を呟きながら室内を見回す。ワンルームだが十二畳あり、六畳のロフト付き。キッチンにお風呂とトイレは別々という、どこまでも嬉しい設計。当然、家賃もそれなりである。

……もちろん、麗のお給料でなど払えるはずもない。

選んだのは母。決定したのは父。家賃は親の口座から引き落とされている。

なにも知らない人にそんな内情を明かせば、いい年をして親に甘えすぎだと麗が責められるだろう。だから、よけいなことは言わない。

子どもを束縛する親のことなんて、人にどう説明したらいいのかわからない。「子煩悩でちょっと心配性なご両親」くらいにしか思われないだろう。

違うのだ。子煩悩とか、心配性とか、そんな言葉があてはまる親ではない。

ふと思い立ちキッチンへ向かう。朝シンクに置きっぱなしにしたマグカップが洗われている。冷蔵庫を開ければ、新しい牛乳やオレンジジュースやヨーグルト。常備菜が入った保存容器が三つ。……いずれも、覚えのないものだ。

新しいものが入っている代わりに、昨日試供品でもらった小さなビールの缶やコンビニで値引きシールが貼ってあった外国製のハムなどがない。

わかっている。母が来たのだ。ときどきやってきては当然のように部屋に入り世話を焼いていく。

無言で冷蔵庫を閉め、室内を見回しながらソファに戻る。ベッドはロフトに置いているが、このぶんならベッドメイクがされていて、ゴミ箱から本棚までチェックされているだろう。以前、友だちが忘れていった男性アイドルの写真集を見つけた母は、「いやらしい」と半狂乱になって破り捨てた。上半身裸の寝起きショットやシャワーシーンがあったからだ。

ときどき、盗聴器でも仕掛けられているのではないかと思うこともある。

異常なほどの過干渉と束縛。それを当然のことのように受け入れて育った自分。そんな自分がいやでいやで、衝動的に道路に飛び出してしまいたくなることもあった。

しかし、仕方がないのだ。受け入れなければ生きてこられなかった。そうしなければ「麗ちゃんがママの言うことを聞かない」と半狂乱になる母親と、非人道的な折檻をする父親。幼い子どもがそんな環境に置かれれば、いやでも親の言うことしか聞かない子どもができあがる。

そんな環境から逃げたくて、結婚して自分の家庭を持てば少しは離れられるのでは、と常々考えていた。

結果、絶対に親には言えない事態になってしまったのだが……。

「お風呂入ろうかな……」

口に出すものの身体が動かない。運命の人を想っているうちに準備をすればよかった。母が監視に来ていたのだとわかると、一気に気分が盛り下がってしまった。

気分転換のつもりでソファに置いたままだった封書を手に取る。通信販売の会社や会員登録をしているショップの移転案内など、数通のダイレクトメールに交じって気になる封書を見つけた。

「……裁判所？」

裁判所からの封書は選任手続期日に関するものだった。

昨年の十一月ころ、麗は裁判所から「裁判員候補者名簿に登録されました」という通知を受けている。一般市民が裁判員として参加する、裁判員裁判というやつだ。

しかし名簿に登録されただけで、裁判員に決定したわけではない。だからそのときはさほど気にしてはいなかった。

選任手続期日とは、名簿に登録されたなかから、クジで裁判員の候補者になったことを意味する。裁判所に呼ばれて面談をして、実際に裁判に参加する人を決めるもの。手続きに行ったからといって選ばれるかどうかはわからない。また、辞退をすることも可能だ。

「……辞退……したいな」

同封されている質問票を見ながら、ぽつりと呟く。質問票は辞退を希望するかを問うもので、数項目の選択肢がある。特別な事情があれば辞退は考慮されるらしい。

そのなかには仕事上の都合というものもあるので、麗はこれに該当するのではないだろうか。

名簿に登録されたと通知を受けたときも調査票というものが同封されていた。特殊な立場や事情がある場合は裁判員になれないから教えてくれというもので、このときも、時期に関係なく仕事が忙しいので参加できない可能性が高い、と返している。

それでも今回の封書がきたということは、前回の辞退理由は却下されたのだろう。聞くところによると、こうして辞退希望の調査はしてくれるが実際に辞退することは難しいのだという。

期日指定されているのは数週間後。どうなるかはわからないが、仕事のことを考えればやはり辞退をお願いしたい。駄目元で辞退希望の質問票を返送することにした。

書類を読んでいたら頭が回って目が冴(さ)えてきた。

「お風呂に入ろ」

封書をローテーブルに置いて立ち上がる。が、思い直してバッグの中に入れた。ポストに出し忘れないためと、置いていたら、それを勝手に見た母が口出ししてくるかと思うと、億劫(おっくう)に感じてしまったのだ。

バスタブに溜まっていくお湯をぼんやりと眺め、立ちのぼるあたたかな湯気に、ほんのちょっと嬉しくなる。

気分が明るくなると〝運命の人〟の顔がチラついた。

「名前……聞けなかった……」

そればかりが悔やまれる。

「じゃあ、お昼行ってくるね〜」

ひとりごとのように口にして、由喜美がオフィスを出ていく。

キーボードの上で手を止めた麗が「いってらっしゃい」と言ったときには、すでにひとりきりになっていた。

お昼休みの時間はいつも麗がオフィスに残る。以前はお弁当を持ってきている人が交代で残っていたように思うが、毎回麗が残るのでいつの間にか麗がお昼休みの留守番役になっていた。

お昼休みにオフィスにいたからって、みんなが戻ってきてから休めるわけでもない。昼休みは正午からきっちり一時間と決まっている。

デスクの引き出しから栄養調整食品の箱を取り出す。個包装ひとつにブロックが二本入っているものだ。まず一本を咥(くわ)えて食べながら仕事を再開させた。

あとで休憩がとれるわけではないのだから、留守番だとしても休んだほうが得だ。仕上げた仕事の量で給与が変わってくるわけでもない。

わかっていても、麗は手を動かしてしまう。なにかやっていればよけいなことを考えなくてすむから。理由はそれだけ。

一週間前、深く考えたくないことが起こってしまった。事が発覚したばかりなので気持ちに隙が出ればそのことを考えてしまうだろう。それがいやだから、考えないように自分を追い詰めている。

――その日は、いつもより朝の気分がよかったのだ。

なんといっても運命の人に出会った翌朝である。いきなり「結婚してください！」なんて言ってしまうわ名前も聞けなかったわ、決して喜べる事態ではないにしても、自分に運命の人が存在するのだと知れたのは希望が持てる出来事だった。

彼は終電に乗っていたのだから、終電に乗り続ければいつかまた会えるかもしれない。気が長いと言われても、麗はそれにかけているし、〝運命の人〟なのだから絶対再会できるはずだと信じている。

（今日も頑張って終電に乗るぞっ）

頑張らなくても終電には乗れる。むしろ乗らない選択のほうが麗のためにはいい。そんな考えは思考の外。とにかく彼に再会することに希望をもって執念を燃やしていた。

そんなとき、大学時代の友だちから電話がきてさらに気分がよくなったのだ。

「久しぶりだね、千佳、元気だった？」

ちょうどお昼休みでオフィスには自分ひとり。気楽さもあって、いつも会社では出さない浮かれた声が出た。

「前に仕事がきついって言ってたけど、大丈夫？　無理してない？」

人のことは言えない。だが友だちのこととなると自分のこと以上に気になるのだ。

麗にとって、仲のいい友だちは親のことで気持ちが落ちこんだときに癒やしや元気のもとになってくれた大切な存在である。

残念かな、遠く離れてしまったり仕事が忙しかったりで最近は会えていないが、もし集まる機会があれば仕事を休んででも駆けつけたい気持ちでいる。

『それはこっちが聞きたいよ。麗は？　ずいぶんと仕事が忙しそうじゃないの。無理してない？　ああでも、気にならないか。仕事、むっちゃくちゃ楽しいみたいだし』

「別にむちゃくちゃ楽しいわけでは……」

声のトーンが落ちる。千佳の口調がどことなくおかしいのに気づいたのだ。なにか苛ついているように聞こえる。

『そお？　でもさ、それだけ楽しいから、友だちの結婚式もパスしたわけでしょう？　希美、二次会のときにしょんぼりしてたよ。それとすごく気にしてた。なにか麗に嫌われるようなことしたかなって。結婚式の出欠確認の葉書、出席のところを黒く塗り潰して返したんだって？　聞いたあたしもびっくりだよ。希美、麗には、友人代表でスピーチしてほしかったのにって』

「ちょっと待って、それなんのこと……」

話が見えない。なにを言われているのかわからない。わかるのは千佳が苛ついていることと、大切な友だちのひとりである希美が結婚したということ。

「希美、結婚したの？　いつ？　彼氏と別れるの別れないのって悩んでいたことまでしか知らないよ。急展開で結婚までいったってこと？　喧嘩はよくするけどそのぶん仲よしなの知ってるから、わたしも嬉しいよ。新居の住所わかる？　教えて。お祝い送るから。なによそれ、嫌われそうなのはわたしのほうじゃない……！」

わけがわからなくて泣きたくなってきた。いや、泣く寸前だ。焦りと悲しさであふれだす言葉はすっかり泣き声になっている。

『……麗、本当に知らなかったの？』

千佳も麗がうろたえているのを感じて慎重になった。最初はやはり怒っていたのだ。親友だと思っていた麗が、同じく親友の結婚式をないがしろにした。理由がわからず落ちこむ希美の代わりに、その真意を確かめてやろう。そんな意気込みで電話をかけてきたに違いない。

しかし、当の麗は希美が結婚すること自体知らなかったのだ……。

話を聞くと、招待状は約三ヶ月前に送られていたらしい。希美は送る前に結婚が決まったと連絡をくれようとも考えたらしいのだが、どうせならいきなり招待状を送って驚かせたいという悪戯心を出した。

受け取ったら、まず電話がくるだろうと希美は考えた。千佳はもちろん電話をしておめでとうと叫んだそうだ。……しかし、麗からの電話はなく、届いた出欠確認の葉書は出席の部分を黒いマジックで大きく塗り潰してあるという信じられないものだった。

話を聞いていると冷や汗がにじんだ。知らないうちに自分がトラブルに巻きこまれていた恐怖もあるが、そのトラブルが発生した原因にうっすらと見当がつく。それがまた怖い。

ひとまず千佳には本当に知らなかった旨を納得してもらえた。千佳も「もしかして……」と漏らしていたので、見当がついたのかもしれない。

希美の新居の住所も聞いた。彼女に電話を入れて事情を説明し、お祝いを送ろうと考えたのである。

千佳との通話を終えてから、麗は戸惑いつつも、――母に電話を入れた。

『まあ、麗ちゃん、どうしたのお昼に。ちゃんとご飯は食べた？　食欲がなくても抜いちゃ駄目よ？　料理が面倒でも身体に悪いもので手抜きしないのよ？　そうそう、冷蔵庫に入っていたビールと割引シールがついたハム、ママが捨てておきましたからね。おおかた誰かにもらったんでしょう？　麗ちゃんは優しいから、受け取っちゃうのよね。でもね、それればかりじゃ駄目なのよ。あんなもの食べたり飲んだりしたら麗ちゃんの身体がおかしくなっちゃう。ときには毅然とした態度でお断りしなくちゃ。わかる？　ああでも、それも麗ちゃんが優しい子だからなのよね。ママも悩ましいわ』

母の峯子は自分が言いたいことを一気にしゃべる。口を挟む隙を与えない。引っかかる部分は多々あるのだが、話の邪魔をされると機嫌が悪くなるのだ。

しかし黙って聞いていたおかげで、やっぱりそうかとわかったことがある。冷蔵庫に入っていたものを勝手に捨てたのは、やはり自分が気に入らないからだったのだ。

――気に入らないから。

この理由で、どれだけ麗が持っているものを否定されてきただろう。

「常備菜、ありがとう、ママ。助かるよ。ところで、聞きたいことが……」

『麗ちゃんがそろそろ食べたいんじゃないかってものにしたの。ああ、でも少なかったかな。あのくらい、二日もあったらなくなっちゃうね』

こちらの話には平気で口を挟む。仕方がないので言葉を止めた。

食欲が壊滅的にないのに加えて、保存容器三つのうちひとつは苦手な酢のものだ。二日で食べきるのは無理だろう。

それでも、食べられないとは言えない……。

『麗ちゃんはママのお料理が大好きだから』

ウフフと笑う声は満足そう。言い返される可能性など、みじんも感じていない。

峯子が言いたいことだけを聞かされつづけて動悸（どうき）がしてくる。背筋に小さな氷柱ができて、それがだんだん大きくなっていくような薄ら寒さに襲われた。

このままでは言葉も出なくなる。その前にと、麗は思いきった。

「ありがとう、ママ。ところで、わたし宛の郵便物のことで聞きたいんだけど」

『郵便物?』

上手く話にのってくれた。とっかかりを作れたことにホッとしつつ、話を進める。

「三ヶ月くらい前、わたし宛に結婚式の招待状が届いていなかった?　つい最近結婚した友だちのもので……」

『ああ……』

なんの話をしたいのか察したようだ。漏らした言葉には険が宿っていて……ゆるやかに息が止まった。

『そういえばあったわ。名前を見てすぐに誰だかわかったから、麗ちゃんを煩（わずら）わせないように返事を出しておいたんだった。もちろん欠席にしておいてあげたのよ。だって、ママあの子大嫌いなんだもの。麗ちゃんのお部屋にいかがわしい本をわざとらしく置いていって、なんて汚らわしいんだろう。おまけに、スピーチお願いね、なんてメモ書きまで入れて。図々しいったらないわ。麗ちゃんは優しいから構ってあげているだけなのに。友だちだと思ってるんでしょうね。気の毒な子』

頭の中に靄がかかる。なにも考えられなくなって、眩暈のような眠気に襲われた。

理不尽なことを言われているのはわかっている。それなのに言い返そうとする言葉は出てこない。

声を出そうとすると動悸が速くなる。ドクンドクンと内臓を押し上げてきて胸骨の内側で破裂してしまいそうだ。

――逆らったら、どんな目に遭うか……。

スッと末端神経の感覚がなくなる。喉で待機していた声が、呼吸と一緒に吐き出された。

「ママ……」

『なあに？　麗ちゃん』

防御本能が働く。

――生きていくために、身についた〝いい子の麗ちゃん〟。

「ママが作った……ミートボールが食べたいな……。わがまま言ってごめんね。ママの気の向いたときでいいから。リクエストしておいていい？」

『まあまあ、麗ちゃん、なんて謙虚なの。そんな遠慮なんてしなくていいのよ。親子じゃない。ああ、ママの麗ちゃんは本当にいい子だわ。待っていてね、たくさん作って届けてあげるからね。こうしてはいられないわ、さっそくお買い物に行ってこなくちゃ。それじゃあね』

やることができたとばかりに、峯子は一方的に通話を終える。無音になったスマホをデスクに置き、麗は両肘をついて頭を抱えた。

「……たすけて」

悲愴な声が静かなオフィスに響く。

「誰か……」

救いを得られない呟きは、お昼休みから戻った同僚たちの声にかき消されていった――。


――よけいなことを考えたくない。

いつまでも娘をペットのように扱う親のことも……。

そんな親に馴らされて、反抗することを全身で拒否する自分も。

ふたつめのブロックを口に入れる。咀嚼するのも億劫に感じて顎が動かない。コーヒーを口に含み、柔らかくしながら流しこんだ。

眠りたい気持ちはあるけれど、整理できていない事柄が多すぎて頭が休まらない。身体を休めたいのに日常的に不安が蠢いていて、心身ともに休まらない。

(終電の時間まで、あとどのくらいだっけ……)

ぼんやり考えながらキーボードの上で手を動かす。終電の時間、一日で一番楽しみな時間。

もしかしたら、彼に会えるかもしれない。

希望を持ちつつ、ほぼそれを諦めている自分もいる。

麗の希望は……叶ったことがない。


あれからも毎日変わらず終電に乗っている。

運命の人には、まだ再会できていない。

駅のホームにたたずみ、麗は電車が入ってくる方向に顔を向けて視線を泳がせる。

今日は会えるだろうか。ドアが開いたら、長い脚を無造作に組んで手帳を眺める彼がいるだろうか。くたびれて帰る乗客しかいない終電に、ピシッと洗練されたスーツ姿で、髪の乱れひとつなく。

電車のライトが見えてくると、とたんに鼓動がスキップをしはじめる。

今日こそ。今日こそ……。

しかしその期待は、先頭車両が撥ね飛ばしてしまう。

――いるわけがない。

――会えるわけがない。

――わたしの望みが叶うことなんてないんだから、傷つかないうちに諦めなきゃ……。

車両のドアが開くときには、もう諦めがついている。あんなに楽しみにしていた終電は、麗をゆるやかに閉じ込める檻に帰す箱でしかなくなるのだ。

車両の風を感じながら、麗の瞳には涙が浮かんだ。叶うも叶わないもない。望んでもすぐに諦めてしまう。自分が傷つきたくなくて、自然と夢も希望もシャットダウンしてしまうのだ。

こんな自分が、すごくいやだ。

「あれ？　君……」

電車の走行音に交じって、やわらかな声がする。名前を呼ばれたわけではないけれど、自分のことだと直感的にわかった。

周囲に他に人がいなかったから、だけではない。声に聞き覚えがあったのだ。この声を忘れるはずがない。

運命の人の声を、忘れない。

「今夜も終電ですか？　こんばんは」

軽やかにホームを歩いてくるのは、彼だ。

スラリとした長身の美丈夫。こんな時間だというのにスーツの乱れひとつない上品な紳士。深くやわらかな声、運命の人がそこにいる。

夢か。

幻か。

あまりにも焦がれるから、とうとう幻覚と幻聴が起こったのか。

だいたい、彼がこのホームに現れるなんて予想もしていなかった。てっきりいくつか前の駅で乗っているものだと思いこんでいた。

あれだけ待ち望んでいた人だというのに、いざ目の前に現れると現実ではない気がしてくる。

それでも、このまま彼の姿が消えてしまうのはいやだった。幻を捕まえておくことなんかできない。わかっていても、麗はとっさに駆け出し彼にしがみついたのである。

「消えないで……消えないで！　お願い！」

張りつめた細い声が喉の奥から絞り出される。鼻の奥に刺激が走って、次の瞬間大粒の涙がこぼれ出した。

もしこのまま彼が消えてしまったら、麗はもう動けなくなる気がする。このまま頽れて、意識もなにもかも砂のように崩れてしまう気がする。

まぶたを強く閉じているのに涙は驚くほどあふれていく。彼の背中に回した手でスーツを強く摑んでいるのに、焦燥のあまり何度も摑み直していた。

頭の上に手がのり、ポンポンと心地よい刺激で叩かれる。思わず息が止まり顔が上がった。

――微笑んだ彼が、麗を見ている。

「消えませんよ。どうしたんですか？」

本物だ。夢でも幻覚でもない。運命の人が、目の前にいる。今、シッカリと彼に抱きついている。

会えたのだ。彼に――。

それを麗が全身全霊で感じとった瞬間、なにかがふっと途切れた。

「君⁉」

驚いた彼の声が聞こえる。その直後、――意識がブラックアウトした。


彼の前で意識を失うのは二度目だ。

前回は眠ってしまったのだが、意識がなかったことに変わりない。

今回は気絶だった。求めつつも会えることはないだろうと諦めていた人。運命の人に出会えた感動で意識が飛んだのだ。

気絶して五分ほどで目が覚めた。ホームのベンチで、彼に膝枕をしてもらった状態で……。

「すみませんでした……」

起き上がってベンチに並んで座り、麗は両手を膝に置いて身を縮める。とても彼の顔が見られない。

謝りはするものの、自分がなにに対して謝罪しているのかわからなくなる。

いきなり抱きついて泣いてしまったことか。嬉しすぎて気絶してしまったことか。またもや介抱してもらったことか。ベンチで膝枕なんてしてもらったことか。……介抱してもらったせいで、終電を逃させたことか……。


「今のは、なにに対して謝ったのです？」

案の定、彼も同じことを疑問に思ったようだ。これはひとつひとつ謝っていくしかないのだろうか。


「あの……いろいろです。わたしが気絶しちゃったから、終電を逃してしまったし……。すみません、帰宅のタクシー代はわたしが……」

「むしろ、謝らなくてはならないのは私のほうだと思っています」

「え……？」

意外な言葉を耳にして顔が上がる。彼は神妙な表情で麗を見ていた。

「君、名前は？」

「え？　あ、春野……麗です」

名前を聞かれ、うろたえつつ答える。フルネームを名乗るのは苦手だ。有名な童謡の歌詞を思いださせるようで、なにか言いたそうにニヤつかれてしまう。

「春野麗さん。あたたかさを感じるいいお名前だ。おだやかで、ホッとする響きですね」

そんなことを言われたのは初めてだ。かわいい名前と言われたことはあるが、きらきらネームに近い響きもあるせいで、特に年上の人には面白がられることのほうが多い。

「ありがとう……ございます」

それでも、彼に言われると嬉しくなる。初めて、この名前でよかったと思えたかもしれない。

「それなのに……」

そろえられた彼の指先が頬に触れる。ドキリとして動けなくなった。

「当の君に、おだやかさを感じない。それどころかなにかに追い詰められている様子しかない。切羽詰まって助けを求めている。私にしがみついたのがいい証拠だ。前回も気になっていましたが、目のクマも表情の疲れも改善されてはいない。自分に時間をかける暇がないのか諦めているのか。終電にばかり乗っていますか？　仕事が原因？　ブラック企業に捕まっている？」

「あ……」

自分では気づかなかったが、そんなに悲愴な雰囲気が漂っているのだろうか。肌の荒れや目の下のクマには自分でも気づいていて、なんとかメイクでごまかしているつもりだった。

そんな顔を彼に見られているのかと思うと恥ずかしい。顔を背けたいのに、頬に添えられた指先の感触が刺激的すぎて動かせない。

「前回、君をタクシーに放りこんだあとから気になっていた。私の横に座ってすぐに眠ってしまった君は、声をかけようと揺すろうと起きなかった。おぶってベンチに座らせても無反応で、生きているのかと不安になったくらいだ。そこまで深く眠ってしまうほど疲弊していたということだろう。極限状態まで疲弊している君が初対面の男に『結婚してください』などと口走る。……なにか、よほどの理由があるのではと考えた。タクシーに放りこむ前に、逆プロポーズの理由を聞くべきだったかもしれない。申し訳なかった」

頬をあたたかいものが伝った。無意識のうちに涙がこぼれていたのだ。そのせいで彼の指が頬から離れてしまったが、代わりに彼のハンカチがあてられた。

「すみません……泣くつもりは」

「使いなさい。洟(はな)をかんでもいいから」

「そ、そこまではっ……」

いくらなんでも人の前で堂々と洟をかむのは恥ずかしい。それも借りたハンカチを使うなんてとんでもない。

ハンカチで目元を拭う。本当に、なんて優しい人なんだろう。それにずいぶんと考察の深い人だ。まさかあのときの状態からそんなことを考えてくれていたなんて。

「自分をわかってもらえたような気がして、嬉しくて……。すみません、ほんと、泣いてしまって……。でも、人の状態を見てそこまで考えられるのってすごいですね」

「仕事柄、人間観察は得意でね」

「お仕事……お医者さんですか？」

「なぜ？」

「お医者さんって、患者さんの顔色とか様子をよく見ているから。仕事が遅くなって終電に乗ったのかな、とか」

「なるほど、理に適っている。でもハズレ」

ハズレ、の言いかたがなんとなくかわいくて、口角がぴくぴくっと上がる。

彼はふっと微笑んで内ポケットから名刺を出した。

「私、検事なんです。今は公判部というところで主に法廷に出ています。罪を犯した人間と対峙(たいじ)しますし、人間の嘘に騙されてもいけない。なので、人を見るのは結構得意です」

受け取った名刺には【東京地方検察庁　検事　久我那智】とある。

彼の名前を知ることができた。それもこんなに自然な流れで。しかも職業まで。

「久我那智さんですか。いいお名前ですね。那智さんですか」

「律儀に褒め返さなくてもいいんですよ。君ほどではないですが、あまり聞かない名前でしょう。正確に読んでもらえて驚きました」

麗が名前を褒められたのでそのお返しだと思ったのだろう。名刺をハンカチと一緒に握りしめ、麗は首を左右に振る。

「お返しじゃなくて、好きな名前です。子どものころ、唯一観てもいいって母に与えられたアニメがテニスのスポコンものだったんですけど、コーチの声を演じていた人と同じ名前です」

「それ、ご年配の方に、たまに言われますよ。あとは洋画の吹き替えの人と同じ名前、だったかな」

　彼の名前を知った嬉しさのあまり嬉々として話してしまったが、誰かと同じだからなんて、あまり気分のいい話ではないのかもしれない。

「すみません、調子にのって。気分を害するようなことを言ってしまっていたらごめんなさい。……でも、いいお名前だと思うのは本当です。響きもいいし、なんか、かっこいいし」

「君は、私の気分を害することなんてなにひとつも言ってはいませんよ。そうやって、相手の反応次第ですぐに謝るのは、幼いころからの癖ですか？」

「はい……」

　返事をしてから、よけいなことを言ってしまったかもと思った。相手の顔色を窺っては謝る子どもだなんて印象がよくないかもしれない。

　実際そのとおりなのだが……。

「私は、君がそこまで疲弊しているのは仕事が原因なのかと思っていました。ですが今、もうひとつの可能性を考えました。どちらが原因なのか、それとも両方なのか。両方だったたなら、どちらかが解決すれば気絶してしまうほどの睡眠不足も解消するのか……」

「あっ、気絶したのは、寝不足のせいじゃないんです。寝不足でもあるんですけど……」

「それでは、なんですか？　いきなり泣き叫んで気が遠くなったとでも？」

理由はすぐにわかることだ。それは、麗がずっと那智に対して伝えたかったことでもある。

前回伝えられなかったその理由を、その想いを、今なら伝えることができる。

麗は両手で那智のハンカチに名刺を大事に挟みこむ。意を決して彼をまっすぐに見つめた。

「久我さんのそばにいると、安心できて眠れるんです。あのとき、驚くほど身体が軽くなって、引きこまれるように眠ってしまいました。わたし、誰かに安心感をもらったのなんて初めてで、久我さんは、わたしに安心感をくれた初めての人なんです。だから……」

調子が出てくる。麗は一度呼吸を整え、切実な想いを言葉にした。

「運命の人だと思うんです」

それは、彼に出会うまでは自分には縁がないと思いこんでいた言葉だった――――。


――――眠れる場所に移動します。

そう言われて入ったのは、「終電に乗れなかったんならおいで～」と誘っているかのように〝空室〟の看板がまぶしい、ラブホテルだった。

「こんな時間なので、この手の場所になってしまいますが、仮眠程度なら問題はないでしょう」

如才なく言いながら、那智はスーツの上着を脱ぎネクタイをゆるめる。ロータイプのラブソファに身体を沈めると両手を軽く広げた。

「ほら、いらっしゃい、春野さん」

初めて入るタイプの部屋に気後れしつつ、興味深げに室内を見回していた麗の動きが止まる。

（い、いらっしゃい……、いらっしゃいってっ）

今までの人生のなかで経験したことがない大人の紳士的対応に、麗はどうにかなってしまいそうだ。

ネクタイをゆるめたウエストコート姿の紳士な美丈夫が、ソファでくつろぎながら両腕を広げている。こともあろうに麗を呼んでいるのだ。

なんて恐ろしい光景なのだろう。決してイケメンに弱いわけではないはずなのだが、ここがラブホテルという未知の場所であることも忘れて近づいていってしまう。

「どうしました？」

恐る恐る近づいた麗を見て、那智は不思議そうな顔をする。彼を見ていると頬があたたかくなる。

「すみません……。久我さん、素敵だなと思って……」

「それはありがとう。ひと眠りさせてあげる、とこんな場所に連れこむ男ですが、素敵なんて言ってもらえて光栄です」

「それは、わたしのためですから。久我さんにはなにも悪いところはありません」

「春野さんは、少し男を疑ったほうがいいですね」

いきなり腕を引かれ体勢を崩す。そのまま那智の腕の中に飛びこんでしまった。

「す、すみませ……」

「くっつかないと眠れないんでしょう？　なにを躊躇（ちゅうちょ）しているんです」

「それはそうなんですけど……」

広い胸に抱きとめられて心臓が駆け足をする。那智の腕のなかはあたたかくて心地よくて、力の入り具合が絶妙だ。しかしこの正面から抱きしめられている体勢に緊張も覚える。

「こんなふうにしてたら……緊張して眠れない……」

「そうですか？」

「そんな気がします」

那智にうながされるまま、彼の腕に抱かれたまま隣に座る。身体を落ち着けるとよりいっそう彼に密着した。

こんなにドキドキしているのに眠れるわけがない。もちろん彼に対しては安心感でいっぱいだし、身体もあたたかくなってきたし、頭もほわっとして……。

「せっかくですから、ぜひ眠ってください。以前と同じく三十分くらい眠れば、少し頭もスッキリするでしょう。それから、改めてお話ししましょう」

「こんなふうに抱きしめられてると……ドキドキして、眠れる気がしません」

「そんなことを言わずに。私のそばだと眠れるんですよね」

腕にギュッと力が入る。ドキドキすると申告しているのに、ここでさらに抱きしめるのはちょっと意地悪ではないのだろうか。

「く、久我さん……」

「はい？」

那智はクスクスと笑っている。これはやはり意地悪だ。そう思うのに、なぜか胸の奥が締めつけられる。苦しいのではなく、嬉しさがあふれてくる。

（わたし……ヘンだ……）

ふわふわする。身体が、意識が……。

こんなに抱きしめられて、眠れるわけがない。

眠れるわけが……。

ない――――。

──晴れやかな目覚めだった。

同時に、焦りでいっぱいだった。

(わたし……寝てた？)

疑問に思う余地もなく、間違いなく眠っていたのだとわかる。どのくらい眠っていたのだろう。この部屋には窓がないから外の明るさがわからない。

いや、そもそも三十分程度の仮眠予定なのだから、その程度しか時間は経っていないはずだ。

三十分。頭は強く主張するのに、身体がやんわりと否定する。

身体が楽だ。

爽やかで軽やかなこの感覚は、三十分の仮眠で得られるものではない。

もしかしたら一時間、二時間は眠ったのではないだろうか。

しかし、眠った時間だけが問題なのではない。焦りでいっぱいなのは、自分の体勢のせいだ。

眠りに落ちたとき、那智に抱きしめられていた。それが今は、おそらく彼に膝枕をしてもらっている……。

(うわあ……どうしよう……。駅で介抱してもらったときも膝枕してもらってたけど、あのときは十分くらいだったし……)

確実にそれより長い時間、那智の膝枕で眠ってしまったことになる。とんでもない迷惑をかけてしまったのではないか。怒った顔で麗が起きるのを待っていたら……。

怖々と頭を動かし彼を見上げる。はたと息を吞んだ。

(久我さん……寝てる?)

腕を組み、目を閉じて軽く項垂れている。——ちょっとかわいい……などと思ってしまったが、失礼にあたりそうなので絶対に口にしないと誓った。

(綺麗な人は、寝顔も綺麗なんだな……)

自分の寝顔はどうなのだろう。那智の前で三回も寝顔をさらしたことになるが、だらしない顔をしていたら困る。

(口を開けてるとか、涎を垂らしてるとか……)

心配と同時に羞恥心がムズムズしてくる。寝顔なんていうものはもっともプライベートな表情だ。それを男性に見られているのだ。

(は、恥ずかしいっ)

羞恥のあまり身を縮めて両手で顔を覆う。大きく身動きしてしまったせいか「ん……?」と那智がうめく声が聞こえてドキッとした。

「ああ、目が覚めましたか」

「すみません、久我さんっ、わたし、またお膝をお借りしてっ……！」

言い訳がましく彼に顔を向けると、頭にポンっと大きな手がのって言葉が止まった。

「いいんですよ。よく眠れましたか？」

那智も寝起きだからだろうか。少しぼんやりした双眸（そうぼう）。薄く微笑んだ表情はおだやかで、あたたかくて、ホットミルクみたいだと思う……。

さらにそんな表情で無造作に髪を掻（か）き上げる仕草が……とんでもなく……。

「……久我さん、いやらしいです」

「はい？　検事生命に誓ってなにもしていませんが」

「そうじゃなくて、寝起きの顔がエロかっこいいです。それ、わかってやってるでしょう」

「なに言ってるんですか」

頭にのっていた手で軽くぺしっとひたいを叩かれる。

(でも、ほんとに……カッコよかったし……色っぽかった)

本音で出た言葉だが、男性に色っぽいなんて言葉を使っては失礼なのかもしれない。ひとまず心の中にかくしておく。

「久我さん、普通にしていてもカッコいいんですよ。よく言われるでしょう？」

「言われますよ」

アッサリ認められてしまった。当然のことを言われているという様子さえあって、こういった男性を見ると「この自信過剰っ」と心の中で思うのだが、彼に関しては「ですよね」と肯定の言葉しか浮かばない。

「逆プロポーズも結構されます。法廷を傍聴しにきた方とか、被疑者とかに」

「被疑者……？　あの、被告人っていう人ですか？」

「裁判の前までは被疑者です。全部話すし更生するから結婚してくれと、黙秘を続けていた女性が口を割ったことも何度か。刑事部の検事に複雑そうな顔で睨まれますよ」

「……天性のタラシですね」

またもや……言わなくていいことを言ってしまった。

なんだか今朝は口が軽い。眠れたことに関係があるのだろうか。

「よく言われます」

失礼極まりないことを言ってしまったのに、那智は笑顔を崩さない。

「だから、春野さんに『結婚してください』と言われたとき、またこの手合いの女性が寄ってきたのかと思ったんです。見てくれ、優しそうな雰囲気、それだけで判断して女性ホルモンをフル稼働させてしまう愚行。そういう女性を相手にする気はまったくありませんから、タクシーに放りこんでしまった。あとになって、気になってずいぶんと考えてしまいましたが」

「そう……なんですか」

なんとなく……素敵な笑顔で辛辣なことを言いはしなかったか……。

確かにこれだけ男性として優秀な要素を持っている人なら、女性が本能的に惹きつけられて暴走しても不思議ではない。

もしかしたら、麗はまだ那智の外見を見て執着していると思われているのではないだろうか。それだけ女性につきまとわれる人なら、女性に対して不信感があるのかもしれない。

「久我さんは……確かに見た目がすごく素敵ですけど、わたしは久我さんのそばにいると安心感があって落ち着けるのが嬉しいんです。顔は……あまり関係ないです。にじみ出るオーラに惹かれたっていうか……、ごめんなさい、なんて言ったらいいか……」

「運命の人」

「そう、それです」

自分が使っていた言葉を使ってもらえると、気持ちを認めてくれたようで嬉しい。笑顔でおどけて「ピンポーン」と言いながら人差し指を立てる麗を、なぜか那智は真顔で見つめていた。

「久我さん……？」

「今、ものすごく抱きしめてキスしたい気分なんだけど。どうしたらいい？」

「ふえっ⁉」

おかしな声が出る。驚きのあまり起き上がって後ずさった。

しかしこの反応は、あからさまに逃げたみたいだ。気まずい空気が漂いそうになるが、那智が軽く笑いながら立ち上がった。

「やっと頭が上がった。今朝は頭が回るのか、いい感じにおしゃべりしてくれる。いいぞ、その調子。よし、コーヒーでも淹れてあげよう。それと、あとでモーニングでも食べにいこう」

「えっ、あ……」

那智は電気ポットが置かれてある棚に近寄っていく。つまり、膝から頭をよけてほしくてわざとあんなことを言ったらしい。

(本気じゃなかったんだ……)

少しガッカリしている自分に気づいて恥ずかしくなる。なんだか今朝は本当にいろんな感情の調子がよすぎる。

那智に目を向けると、片開きの扉を開き、棚からコーヒーカップを取り出していた。麗は慌てて腰を浮かせる。

「あのっ、コーヒーならわたしが淹れます」

が、素早く振り向いた彼が手に持ったコーヒースティックを振って見せる。さらに「まかせろ」と言わんばかりに片手で胸を叩いてしたり顔をするので、おかしくなって腰がソファに戻った。

粉とお湯を入れて混ぜるだけのコーヒー。それを待っているだけで、こんなにウキウキするなんて。

「三時間半程度だが、熟睡した効果はあったみたいだ。頭もスッキリしているようですね」

「はい、おかげさまで」

三時間半も熟睡できたらしい。それなら頭もスッキリして身体も軽くなる。口も動くし感情もいつもに比べてポジティブだ。

「どうです？　逆プロポーズなんて、血迷ったことをしてしまったと思えるようになりましたか？」

「思いません」

きっぱりと答える。コーヒーカップを両手に持った那智が、片方を麗に差し出した。

「頑なですね」

「久我さんは、運命の人なんです。こんな言葉、自分には縁がないとずっと思っていたのに、久我さんに出会って変わりました。わたし、久我さんと結婚したいです」

カップを両手で受け取り、「いただきます」と頭を下げて口をつける。粉とお湯を入れるだけのコーヒーは、運命の人が淹れてくれたのだと思うと今まで生きてきたなかで飲んだコーヒーのどれよりも美味しかった。

麗の横に腰を下ろし、那智は彼女を見つめる。

「それなら聞かせてくれませんか？　君はなにに追い詰められているんです？　私は、君の切羽詰まっている原因が、仕事、もしくは家族、親にあるのではないかと感じています。違いますか？」

「そのとおりです」

那智は納得したようにゆっくりとうなずく。

「続けて」

麗に話のバトンを渡し、カップに口をつけた。

「わたし、ひとり娘なんです。わたしの両親は、わたしをペットかアクセサリーとしか思っていないんです」

「そう思う根拠は？」

「子どものころから、少しでも両親の意に背く行動をとると、母は泣き叫び父は激怒しました。意に背くといっても些末（さまつ）なことです。靴を履かせてあげたかったのに自分で履いてしまった。食べさせてあげたかったのに食べ終えていた」

「幼児期の話ですか」

「小学生中学生、高校になっても変わりませんでした。少しでも気に入らない髪型をしていると頭から水をかけられて……」

「常に自分たちが望む行動をとってくれる、喜ばせてくれる娘でないと許せない、ということですね。わかりました。続けて」

理解が早いのはありがたい。ただそうなると、自分の説明は足りているのだろうかと不安もあった。けれど話してしまわないことには那智に安心感をもらった理由も、思わず逆プロポーズなどをしてしまった心情も、理解してはもらえないと思うのだ。

「両親が望む学校に行って、望む成績をとって、望む時間に帰って、与えられた本を読み与えられた映画を観て、逆らわない〝いい子〟であり続けました。いい子でいないと父の折檻が待っているので」

「折檻は、暴力？」

「身体に傷がつくようなことはしません。鎖で繋がれるときも、肌に痕がつかないようにふわふわした生地を巻かれるんです」

思いだすと手首や足首がぞわぞわしてくる。無意識にカップを持ちながら膝に置いていた手の手首を、もう片方の手でさすっていた。

「就職も、父に命じられた会社に入りました。毎日打ちこみをしているだけで、スキルを高めるなんて一切できない仕事ですけど、いいことがひとつあったんです。会社は実家から遠いのでひとり暮らしが許されたんです。ただ、アパートを選んだのは母だし、家賃も親が払っていて、勝手に母が出入りしているし、……ときどき、郵便物もなくなります」

希美の結婚式の件が頭をよぎり、にわかに涙が浮かんだ。悔しい。悲しい。すごくつらい。

仲よしだった大切な友人。その結婚式に出席できなかったばかりか、おめでとうのひとことも言えていなかったのだ。

ここで泣いたら話が途切れてしまう。麗は手の甲で涙を拭い、喉を潤そうとカップに口をつける。すると、頭にポンっと那智の手がのった。

「郵便物に関してはプライバシーの侵害だ。親子間でも法的措置がとれる。その気になったらいつでも言いなさい。私の弟は優秀な弁護士だ、紹介しよう」

せっかく拭った涙がまた浮かぶ。兄が検事で弟が弁護士だなんて、すごい兄弟だと心強さが増す。

「ありがとうございます。……でも、今はまだそこまで考えてはいないので……」

それなのに麗から出た言葉は消極的なものだった。

防御本能が動いたのだ。

――親に馴らされた、従属癖。〝いい子の麗ちゃん〟が顔を出す。

那智は特になにも言わずに麗の頭から手を離す。ひとまず親との関係性は話せた。途中で那智が質問や見解を入れてくれたので話しやすかった。

こうして話しやすくわかりやすくリードできるのも、彼の職業柄なのだろうか。

「ただ、いつ気まぐれに『ひとり暮らし終了』と言われて実家に戻されるかわからない。その前に……結婚してしまえばいいんじゃないかって考えまして……」

「それで私に声をかけたんですか？」

「それが……実は、去年、マッチングアプリで……」

「手軽な手段に出て、詐欺に引っかかってお金でも騙し取られましたか？」

言葉が止まった。

察しがよすぎる……。

「もしかして借金でも背負わされて、それゆえの毎日終電残業三昧なのでは？」

「はい……」

「それもおそらく、自分が頑張れば返せるくらいの額、だったのではありませんか？」

「どうして……わかるんですか……」

「結構あるんですよ。そういった詐欺で送検されるケチな輩が。女性に借金を負わせるわけですが、それほど大きな金額ではない。頑張って働けば返せる額、または結婚資金を貯めこんでいる女性なら払えてしまえそうな額、そこが狙われるんです。騙されても、警察沙汰にするのが面倒くさいとか手続きが大変とか、弁護士に相談するのはハードルが高いとか、恥ずかしくて他人に知られたくない、とか。自己解決してしまって表ざたにならないものも多い。怪しげな出会い系アプリで結婚相手を見つけようなんて、リスクを考えなかったのですか？」

「……すみません」

こんなにも言いあてられてしまうなんて。それだけよくあることなのだろうか。

「春野さんの場合は、親に知られたくなかった、というところでしょう。騙されたなんて知られたら、ひとり暮らしは終了、おびえながら実家で暮らす生活が待っている。そんなのはいやだ。だから、不安が重なって不眠症になろうと、休む間もなく働いて毎日終電になろうと、現状維持でなんとか騙されたぶんを返していくしかなかった」

「すごい、ですね……。どうしてそんなにわかっちゃうんだろう」

麗が説明する必要がないくらいお見通しだ。すると、那智が顔を覗きこんできた。――まぶたをゆるめた、綺麗な顔で……。

「わかりますよ。私は、運命の人なんでしょう?」

鼓動がとんでもなく大きく跳ね上がる。もはや胸が痛い。いやそれよりもこんな顔で「運命の人」を使われると、ときめきすぎて心臓がおかしくなりそうだ。

「……というか、仕事柄察しのつきやすい流れです。騙されたことを表ざたにしたくない人は多いですから。女性ならなおさらですよ。マッチングアプリでカモられたなんて、自分は浅はかな人間ですと言っているようなものだ。ん? どうしました、春野さん。顔が真っ赤ですよ」

「なんでもないですっ」

顔が真っ赤になってしまった理由さえも、おそらく那智はわかっている。クスクス笑っているのがその証拠だ。麗は自分の状態をごまかすようにカップのコーヒーをあおる。

（久我さんって、もしかしてちょっと意地悪な人なんじゃないだろうかっ。たまーに言動がおかしいときがあるし）

カップを一気にカラにして、深く息を吐きながら言葉を出した。

「からかわれて恥ずかしいですけど……それでも、久我さんを運命の人だって言ったのは本気です。なにより、そばにいると安心できるのが証拠だと思うんです。もう絶対に、久我さんのような人には出会えない。そう思うから、わたし……」

「助けてくれそうな人だと本能的に悟ったから、安心感が生まれた。という可能性はありませんか？」

言葉を止めて那智を見つめる。

──助けてくれそうな人だから……。

那智は検事だ。職業を知らなかったとしても、誠実な雰囲気はにじみ出ている。麗の救済を求める切実な本能が、それをかぎ取ったという可能性はないか。

この人なら、助けてくれるかもしれない。この状態から救い出してくれるかもしれない。そんな希望が、安心感に変わっただけなのでは。

「違います……」

勘違いかもしれない。そんな可能性も考えるが、麗はやはり自分の直感を信じたい。

「ただ助けてもらえるかもしれないっていう気持ちだけで、あんなにホッとしない……。久我さんに寄り添っていると、不安が消えるんです。だから眠れる。プロポーズも本気です。……追い詰められて、結婚すれば親から離れられるなんて単純に考えてしまったけれど、そんなものは抜きにしても……久我さんと、一緒にいたいと思うんです。こんな気持ちになったこと、ありません」

どうすれば本気だと信じてくれるだろう。どう言えば真剣だと伝わるだろう。

思案する麗の手からカップが取られる。自分のものと一緒にローテーブルに置いた那智が、膝の上に置いていた両手を握ってきた。

「わかりました。それなら、少しおつきあいしてみましょうか」

「おつきあい……?」

「春野さんのその気持ちが、本当に本物なのか。ただ助けがほしい一心で、運命の人と信じこんでしまったのではないのか。逆プロポーズが、逃げの手段として口から出たものではないのか。しばらくおつきあいしてみたら、その真意がわかるのではないでしょうか」

「おつきあいって、あれですか……。彼氏彼女っていう……」

「そうですね。この年で彼氏彼女というのも幼い表現ですので、恋人同士ということで」

「こいっ……」

ボッと、瞬間的に顔が熱くなる。恋人同士。彼氏彼女という関係さえ自分には縁遠いものだと思っていたのに、恋人同士、なんて信じられない。

頬が熱い。きっと真っ赤になっている。両手でかくしてしまいたいが、那智に両手を握られているせいでそれができない。おまけに麗を見つめてさらに強く握ってきたので、耳まで熱くなってきた。

「いいですね。恋人同士で」

「は、はぃ……、ぃぃ、です……」

戸惑うあまりおかしなトーンになってしまう。クスッと笑われた気がして目を向けると、微笑ましげに見つめられていて、またその表情が綺麗で、思考が右往左往する。

「ああ、そうだ。私とくっついていなくては眠れないのでしたか。大切な恋人を不眠症にしておくわけにはいきませんから、いっそしばらく私のマンションで一緒に寝ますか？　せめて不眠症が治るまで、同棲（どうせい）するという手がありますが」

「それは……、ぜひ！」

那智の提案に、俄然（がぜん）張りきる。彼氏彼女だとか恋人同士だとか、言葉にうろたえていた気持ちも吹き飛び、彼と一緒にいられるという希望だけが大きくなる。

「……女性としての警戒心はないんですか」

「はい？」

「いいえ、気にしないでください。即答だったので、ちょっと驚いただけです」

「どうしてですか？　一緒にいられるなんて、メリットしかないです」

「恋人同士として、ですよ？　わかっていますか？」

「はい、それは……」

……とはいうものの、彼がなにを確認したいのかがわかってきたような気がして、返事が怪しくなる。が、立ち止まりかける麗の気持ちを、那智は強制的に自分のほうへ引っ張りこんだ。

手が離され、代わりに両肩を押され……ソファに押し倒された。

「では、恋人として扱います」

言い終わるが早いか、——那智の唇が重なった。

重なっただけですぐに離れる。しかし突然訪れた初めての体験に、麗は目を見開いてキョトンとしてしまった。

「よろしく、麗」

「は、はいっ」

おまけにいきなりの呼び捨て。うろたえていますと言わんばかりに声が裏返る。

キスをされて呼び捨てにされて。これが、恋人として扱うということなのだろうか。

（でも、久我さんだから……）

ドキドキする。いやだという気持ちはみじんもなく、これから彼といい関係を築いていき

たいという希望だけが大きくなっていく。

麗の希望は叶ったことがない。

ずっとそう思っていた。けれど、那智に再会することができたし、話を聞いてもらえたし、彼のそばにいることができる立場をもらった。

――大丈夫。きっと、大丈夫。

そう思えるのが、心強い。

唇に那智の指があてられる。鼓動を加速させて彼を見ると、ふわりと微笑まれた。

「まず、恋人同士としてのおつきあいですから、プロポーズの件は保留ですよ。いいですね？」

小さく首を縦に振る。返事をしようにも彼の指が唇にあるせいで声を出せない。

那智を見つめて、麗の胸は未知の希望に揺れる。

――変われるかもしれない。今までの自分が……。

第二章　不眠症改善は甘い添い寝で

「麗ちゃーん」

「はいっ」

名前を呼ばれたので返事をしつつ顔を向ける。と……目を剝いた由喜美がデスクの横に立っていた。

「麗ちゃん……なんかあった？」

「なにがですか？」

「いや……なんか今日、元気がいいから……」

元気がよくて不審がられるのも困ったものだ。しかし由喜美は驚いているというか気味悪がっているというか、麗の機嫌がよくて安心しているという表情ではない。

「今朝もさ、元気よく事務所に入ってきたじゃない。どうしたのかなって……」

たしかにちょっと声が大きかったかもしれない。いつもは「おはようございます」とだけ淡々と口にするのに、「おはようございます！　今日はまた春の陽気でいいですね～」とお天気の話題まで入れてしまっていた。

自然に出た言葉だったのでそれほど気にはしていなかった。今日は気分がいいな、くらいの気持ちだったのだが……。

由喜美にとっては、そんなに顔を歪めてしまうくらい不気味なことだったのだろうか。

「どうしたの？　コンビニでサラダ買ったら虫が入っていて自分の運の悪さに自棄になったとか？」

……自棄になって元気になるとはどういうことか。むしろ普通に落ちこむのではないだろうか。

麗はへらっと笑顔を作り軽く手を振る。

「違いますよ。いつもより寝覚めがよかっただけです」

「そうなの？　それはよかったね。駄目だよ〜、ちゃんと寝なくちゃ。麗ちゃん目の下のクマひどいじゃない。ケアしてないし、女捨ててんな〜、とか思ってたんだよね〜」

きゃはははと笑う由喜美に、悪気はない。いつも彼女の言動はこんな感じなので、ない……はずだ。しかし表現の選択のまずさは本人よりも周囲のほうがわかるらしく、触れちゃいけないとばかりに近隣の席の同僚の打鍵音が大きくなった。

「まあいいや。あのね、常務がカステラ差し入れてくれたから分けたの。はい、真ん中あげるね」

差し出した紙皿にはカステラが二切れのっている。昨今は切り分けられたタイプも多いが、これは自分で切るタイプのカステラだったらしく大きさが違う。おそらく切っているうちに足りなくなりそうになって調節したのだろう。

いつもならばひとことお礼だけ言って受け取るのだが、今日はなんとなく気持ちのままに言葉が出た。

「ありがとうございます。でもわたし、カステラは真ん中より端っこのほうが好きなんですよね。なんとなくなんですけど。あれ？　由喜美さん、下の紙はがしちゃったんですか？　え？　ザラメごと？　うわあ、なんでですか〜、下についてるザラメ、ムチャクチャ美味しいのに」

紙皿を受け取ると斜めに倒して置いてあるカステラの下側に目がいってしまった。麗が意見したことに驚いたらしく、由喜美は大きな目をぱちくりとさせている。

「でも、カステラ自体が甘いのにさ、あのザラメ、邪魔じゃない？」

「全然邪魔じゃないですよ。むしろあのザリザリがいいんじゃないですか。由喜美さん、自分基準でやっちゃうからなぁ。あらかじめ聞いてくださいよ。ザリザリ好きな人だっていますよ」

四方でぶっと噴き出す気配がする。聞き耳をたてている同僚も同意見らしい。するとひときわ大きく噴き出した向かいの席に座る先輩が、笑いながら立ち上がった。

「ほら麗ちゃん、わたしのあげるよ。これ端っこで大きめだし、ザラメの生き残りが結構ついてる」

「わぁ、ありがとうございますっ」

嬉々として立ち上がり、交換してもらってからハッとする。由喜美がなんともいえない、煩わしそうな顔で麗を見ている。

気分がいいからって調子にのりすぎただろうか。いつもは心の裡に留めておくようなことが言葉や行動に出てしまう。

すると、カステラを交換してくれた先輩が助け舟を出してくれた。

「わたしもカステラのザラメは好きだな。でも子どもの食べ残しを食べてたらぶくぶく太っちゃってさ、ダイエット中なんだよね。もう、言ってあるじゃん、由喜美ちゃん、忘れないでよぉ。そうそう、わたしも思ってた。分ける前にちゃんと聞いてよね」

「う、うん、ごめん」

歯切れの悪い返事をして、由喜美はこそこそと自席へ戻っていく。その後ろ姿を見ながらふふんと鼻を鳴らす先輩は、元社員だが結婚して一度退職し、出産後にパートとして戻ってきた人だ。

年は由喜美と同じだが、高卒からここで働いていたらしく、仕事のうえでは由喜美より先輩なのだ。

いろいろと我が物顔な由喜美が唯一反論できない相手かもしれない。パートなので決まった時間で帰ってしまうがゆえに、それ以降は由喜美の天下なのだ。

「お子さん、ご飯あまり食べないんですか？　心配ですね」

交換してくれた先輩、冴子に声をかける。先ほどの彼女のセリフから気になって出た問いかけだったが、同僚に自分から声をかけるなんて久しぶりだ。

久しぶりすぎて気味悪がられないだろうかと一瞬胸をよぎるものの、杞憂に終わった。

「食べたり食べなかったり気まぐれでね。幼児なんてそんなもんだよ。でも残っちゃうともったいないでしょう、ついつい食べちゃうんだよね。でも、人のこと言ってないで、麗ちゃんもちゃんと食べなきゃ駄目だよ。お昼、飲むゼリーとか栄養補助食品みたいなのですませてるの、知ってるんだからね。いつも話しかけるなオーラが出てるから言えないままだったけど、お昼もさ、たまに外に出て食べておいでよ。事務所なんかカラになったって基本大丈夫なんだから」

おせっかいではなく、心配してくれているのが伝わってくる。冴子の隣の席の先輩も「そうそう」とうなずいていた。

気持ちのままに話しかけたのは間違いではなかったかもしれない。いつも追い詰められた状態で頑なになっていたが、心配してくれる人はちゃんといたのだ。

これもすべて那智のおかげだ。彼が眠らせてくれて、麗の気持ちを汲み取ってくれたから。

こんなにも気分がいい。

おまけに、今日は仕事が終わったら彼のマンションへ引越しをすることになっているのだ。さらに気分がいい。

「あ、そうだ」

引っ越しをする、で思いだした。言っておかなくてはならないことがある。

「今日は定時で帰りますので、戸締まり、どなたかよろしくお願いします」

その瞬間、オフィスがざわめき、由喜美に至っては「はぁっ!?」とおびえた声をあげながら腰を浮かせた。

――そんなに驚かなくてもいいのに……そう思う、麗だった。

定時に仕事を終わらせた麗は、急いでアパートへ帰り荷造りをした。

引っ越しやら荷造りやらといっても、そんなに大げさなものではない。数日ぶんの着替えや必要なものをまとめるだけだ。

不眠症改善を図るため、しばらく那智と一緒に暮らすことにした。彼にくっついていなくては眠気がこないのだから、これは仕方がない。

眠るためだけに彼のもとへ通い、起きたらアパートへ帰るなんて、お隣さんでもない限りできないだろう。同じ場所で生活するのが一番都合がいい。

ただそうなると、麗が住んでいるアパートをどうするかが問題になる。自分で借りているものではない。親が家賃を払っている。もちろん勝手に解約なんてできない。それどころか恐ろしくてそんな考えも起こらない。

そこで必要最小限のものだけを運び出し、ときどき戻って郵便物を整理したり物を入れ替えたりしていれば、母が来たとしてもごまかせるのではないかと考えたのだ。

以前の麗なら、両親の目を欺くなんて考えられなかっただろう。

しかし、こうでもしなければ那智と一緒にいられない。彼のそばで安心感をもらって眠ることはできない。

そんな想いが、麗を変えたのだ。

「しばらく、よろしくお願いいたします」

リビングの入り口で深々と頭を下げると、麗の荷物を続き部屋へ運ぼうとしていた那智が立ち止まって振り返った。

「そんなに恐縮しなくていいですよ。迎えに行ったときの元気はどうしたんです？」

それを言われるとちょっと照れる。麗は恐縮しつつ「えへへ」と頭を掻いた。

荷物をまとめた時点で那智に連絡をすると、彼が車でアパートまで迎えにきてくれた。男性に迎えにきてもらうなんて初めてだったうえ、彼と一緒に生活をするなんて大胆な選択をあっさり決めてしまった自分に、改めて謎のテンションが上がった。

おまけに運転席でハンドルを握る那智が、平常時の数百倍カッコよく見えてしまって……。

そのせいで、妙に元気だった気がする……。

ただ、その謎のテンションは那智が住むマンションに連れてこられたときに一瞬だけ固まった。

終電で降りる駅が同じだったのだから近いのはわかっていたが、いわゆる高級住宅が建ち並ぶ界隈に彼の住むマンションはあったのである。

常緑樹が連なるように列植された、緑景も鮮やかな邸宅地。四階建て高級低層レジデンス。

その四階、南向き3ＬＤＫ。

検事は国家公務員だったと記憶しているが、こんなにすごいところに住めるほど収入に恵まれているのだろうか。そんな疑問を持ったが、聞けばもともとは元サヤで結婚し直した那智の両親が「ふたりで住む」と購入したものらしい。しかし母親が「やっぱり最初に住んでいた家がいい」と言い出し、ひとりで実家に住んでいた那智が追い出されてここに移ったそうだ。

しかし那智の親も、こんなすごいものを購入しておいて、息子にポンっと譲ってしまえる人なのが驚いた。

聞けば、夫婦そろって国際弁護士らしい……。そこでまた驚き……。

そうすると両親が国際弁護士、那智が検事、弟が弁護士ということになる。すごい一家だと、三度驚き。

一気に驚き疲れをしてしまった……。

「こちらの続き部屋は書斎兼寝室になっています。ウォークインクローゼットに余裕があるので、洋服など容れておくのに使ってください。ああ、でも着替えが不便でしたらリビングのそちら側にあるドアが空き部屋になっています。シェルフや収納家具も置いてあるので、自由に使ってくれて結構。そちらにもクローゼットがついていますから、なんならそこを麗の部屋にしてもいい」

照れることがもうひとつ。那智はとてもナチュラルに名前を呼び捨てにする。朝の話し合いで恋人扱いをすると言われキスをされて、「麗」と呼び捨てにされて、それ以来ずっとだ。もちろんいやではない。那智にそう呼ばれているのだと思ったら嬉しくさえある。ただ、呼ばれるたびに……。

(心臓、ドキドキしてる……)

こそっと胸に手をあてて鼓動を確かめる。速くなる鼓動。苦しい、ではなく胸が熱い。

「ああ、でも……」

当座の荷物を入れた大きな鞄をふたつ置いて、那智が麗のそばに戻ってくる。両手を腰にあてて斜めに身をかがめ顔を覗きこんできた。

「ベッドは寝室にひとつしかない。ベッドから逃げたらソファで丸まって寝なくちゃならないことになる。心しておくこと」

「は、はいっ！」

ピシッと背筋が伸びた。一緒に寝るんだということを改めて実感したからという理由もあるが、那智の表情が落ちて——ちょっと怖かった。

いつもおだやかで大人の紳士然としている印象だったが、あんな一面もあるのだ。

（そうだよ……検事さんだもん）

彼の職業を考えれば、優しい顔ばかりをしてはいられないだろう。まだ見ることはできていないが、厳格で迫力のある面もあるに違いない。

麗が硬い表情をしたからかもしれない。那智は表情をやわらげポンっと背中を叩いた。

「いい返事ですね。荷物も置いたし、食事にでも行きましょうか。すぐそばに美味しいレストランがあるんですよ。ケーキも手作りで美味しいですよ。いっぱい食べていいから、そんな泣きそうな顔をしないでください」

「泣き……いいえ、そんなつもりじゃないです。ごめんなさいっ」

そんなに情けない顔をしていたのだろうか。麗は慌てて言い訳に走る。

「久我さん、厳しい顔もするんだなって思ったら緊張してしまって……。するのは当たり前ですよね、検事さんだし、むしろしないとお仕事にならないだろうし。でもそう考えても、久我さんが悪人顔で弁護士さんとかに嫌みを言う姿とか想像できないですけど……」

「ちょっと待ってください、異議あり」

　那智が困り顔で軽く片手を挙げる。

「なんです？　その、悪人顔で嫌み、って」

「裁判で、怖い顔をして被告を追い詰めるんですよね？　なんとか守ろうとする弁護士さんを困らせるようなことを言ったり、証拠を後出しして嫌がらせしたり……」

「その知識はどこから？」

「昔観たドラマです」

「ご両親推薦の『観てもいい』リストのもの？」

「はい」

「それなら古いものですね。……仕方がない、古いドラマや映画は検事がほぼ悪役ですから」

　諦め気味に息を吐き、那智は麗の背中に手を添えて玄関へ促す。食事に行くから部屋を出ようということなのだろう。

「ご期待に沿えなくて申し訳ないが、検事は弁護士に嫌みを言うのが仕事ではないんですよ。犯罪事件に対し刑事手続きのすべてにかかわるのが検事です」

「すべて？　裁判で弁舌をふるうだけじゃないんですか？」

「弁舌をふるうためには事件を深く知っておかなくてはならない。警察の事件記録だけでは納得できないことも多いので、独自で捜査もしますし被疑者の取り調べもします」

「警察みたいですね」

靴を履こうとした手前で那智がピタッと止まる。口角だけを上げてふふっと嗤(わら)った。

「まあ、あの人たちは容疑者を逮捕して送致するまでが仕事です。起訴するかどうかは検察の権限だ。こちらの取り調べや補充捜査で不起訴になる事件も多々あるし、誤認逮捕が発覚したときなんかはすっ飛んで謝りにきますからね。当然です。公判で冤罪(えんざい)となれば、警察組織の面目は丸潰れだ。こっちはそれを未然にふせいであげているのですから」

気のせいだろうか。なんとなく、楽しそうだ。

(久我さん……もしかして、ちょっと腹黒い人……?)

ふとしたときに〝いい人〟の仮面がストンと落ちるような気がする。……すぐに戻るので気づきにくいのだが。

「裁判で被告の人を有罪にするのが主なお仕事かと思っていました」

「判決を下すのは裁判官の仕事です。検事は罪を立証し訴追する。検察権の行使をもって厳正公平・不偏不党であることが求められ、法と証拠に基づいて真実のみを追随する……」

内廊下に出て施錠したところで、麗を見た那智が言葉を止める。ふっと微笑み、頭にポンっと手を置いた。

「面倒な難しい話はやめましょう。つまりはそれだけ特殊なんですよ。堅苦しいともいうかもしれない。ほら、そんな顔しないで」

「すみませんっ」

慌てて両頬を押さえた。言われてハッとしたが、話を聞きながらポカンとした顔になっていたのだろう。

法律は未知の世界だ。なんとなくはわかっても難しい話には理解が追いつかない。

「でも久我さん、検事のお仕事、好きなんですね」

「なぜです？」

「お仕事のお話になると、張りきっている気がして。それに、終電時間に会っても身だしなみがとってもきちんとしているじゃないですか。検事としての自分に誇りを持っているからですよね。聞けばとても厳粛なお仕事だし。検事としての自分を崩したくないからきちっとしてるんだなってわかります」

那智のことが少しわかった気がして嬉しくなる。そのせいでポンポン言葉が出てきたのだが、そんな麗を彼は真顔でじっと見つめていた。

「久我さん？」

「今、ものすごく抱きしめてキスしたい気分なんだけど。どうしたらいい？」

「ふえっ⁉」

こんなやり取りを最近した覚えがある。しかし言葉の大胆さに、いつだったかなんて考えている余裕がない。

「でも、それは今じゃないですね。先に食事に行きましょう」

「は、はい」

今じゃない。それならいつなんだろう。そんなことを考えるとドキドキする。那智と一緒にいると、心臓までが喜ぶようだ。

(久我さん、やっぱり大人だな……。そういうこと平気で言えちゃうんだ)

「あ、そういえば」

急に思い立つ。ちょうどエレベーターホールの前で立ち止まったところだった。

「久我さんって、おいくつなんですか? 三十代半ばかなって勝手に思ってたんですけど、違ったらごめんなさい。あっ、わたしは二十五です」

彼の年齢を知らない。とても落ち着いているし素敵なので、もしかしたら思っているより上かもしれない。

「近いですね。三十七です。ちょうど一回り年が離れていることになりますが、麗は大丈夫?」

「え? 大丈夫って、なにがですか?」

「年の差。麗から見たら〝おじさん〟じゃないですか。もっと年の近い男の子がよかったのではありませんか?」

エレベーターの扉が開く。無人の箱にふたりで足を踏み入れながら、麗は軽く笑った。

「ありません。わたしは久我さんに安心感をもらったんです。久我さんにだから運命を感じた。久我さんみたいに素敵な人が、運命の人でよかった。すごく嬉しい。わたし、もっともっと久我さんのこと知りたいです」

並んで立ち、扉が閉まる。次の瞬間——抱きしめられて……キスをされた。

「……困ったな、ものすごく、抱きしめてキスしたい……」

「今してま……す、ンッ」

もう一度唇が重なる。彼の唇も腕のなかも心地よすぎて、麗はとろりと蕩けそうな自分を感じた。

が、四階から一階までストレートに下降する時間はあっという間だ。扉が開いたとき唇も身体も離れていて、でも、手は繋がれていた。

「これから、いやでもいろいろ知ることになりますよ。運命の人、なんでしょう?　私は」

「はいっ」

元気に返事をして、手を繋いだままエレベーターを降りる。

こんなにも嬉しくて安心した気持ちでいいのだろうか。これは夢ではないのだろうか。息苦しさから逃げたくて、麗が作り出した幻なのでは。

全身を包む安心感、そして、繋いだ手も間違いなく現実なのだ。

彼が触れてくれた唇があたたかい。彼を想う心臓が喜んでいる。

（ううん、現実……）


那智が連れて行ってくれたレストランは、明るく気取らない雰囲気でとても美味しかった。近いので那智はよく利用するらしく、彼と同年代と思しきシェフがテーブルまできて、挨拶のような世間話のような、冷やかしのような……をしていった。

食事をして、マンションに帰り、那智が少し仕事をしているあいだキッチンや水回りの確認をして、入浴してから配信サイトの映画を大きなテレビで観ていると、入浴後の水分補給をしていた那智に声をかけられた。

「今日はふたりとも睡眠不足ですから。もう寝ましょう。私は先にベッドに行っています」

（きたぁっ！）

心臓がバクバクしてきた。彼にくっついて眠って不眠症を改善するのがこの同居の目的なのだから、もちろんこういう流れになるとは思っていた。それなのに急に緊張している自分がいる。

白いハイバックソファのコーナーにパジャマ姿で膝をかかえて座りながら、書斎兼寝室へ入っていく那智をこっそり見つめる。

スーツではなくパジャマ姿というのがまた新鮮すぎる。長めの前髪が無造作に下がり、ちょっとかわいいなどと思ってしまった。

検事という鎧(よろい)を脱いだ彼を見ている気分だ。見てはいけないものを見てしまったような背徳感があって、怖いわけでもないのになぜかゾクゾクする。

（ううっ、やっぱり素敵だな……久我さん）

壁にかかる大きな振り子時計を見ると二十三時。こんな時間にベッドに入るのはいつぶりなのか。

いつもならまだ仕事をしている。今日はしっかり夕食を食べて入浴をしたせいもあるのか、身体が休みたがっている気がした。

テレビを消し、麗も書斎兼寝室へ向かう。そんな必要もないのに足音を潜め、そっと入っていった。

書斎兼寝室はドアがない続き部屋になっていて、壁側に大きな書棚とデスク、ウォークインクローゼット側にベッドが置いてある。

ベッドは大きいのでダブルだろう。ひとり暮らしなのに、と疑問が湧くが、もともとは両親用の住まいなのでそのときそろえられたものなのかもしれない。

常夜灯が灯る薄明かりのなか、麗が入ってきたことに気づいた那智が、身体を横にして片腕で上掛けを持ち上げた。

「おいで」

ベッドの手前で足が止まる。麗は目を見開いて那智を見つめた。

――――おいで。

頭の中で那智の声が響き、エコーがかかる。

深くおだやかな凛々しい声で放たれる「おいで」の破壊力。それも片腕で上掛けを持ち上げ、ベッドに招き入れる仕草の艶やかな大人っぽさ。

恋愛経験ゼロどころか大人の色気というものに縁もなかった麗には、この状況は刺激が強すぎる。

「麗、おいで」

「はいっ」

反射的に返事をしてしまった。抗えるわけがない、こんな呼ばれかたをされて。もとより抗う気などない。

ベッドに上がり、那智と向かい合うように身体を横たえる。上掛けを持ち上げていた腕を下ろした彼が、その腕を麗に巻きつけ引き寄せた。

「ひゃっ」

密着した身体が震える。那智がクスリと笑った。

「どうしました？　くっつかないと眠れませんよ？」

「すみません……ちょっと焦っちゃって……」

「電車でもホテルでも、これ以上ないくらいべったりくっついていましたが？」

「あのときとは……なんか感覚が違うというか……」

感覚や気持ちも違うが、なんといっても場所と状況が違う。電車やベンチ、ホテルのソファではない、ベッドの中だ。おまけに着ているものは洋服やスーツではなく、パジャマである。

焦らないほうがおかしいし、ドキドキしないわけがない。

（久我さんは、ドキドキしないのかな……）

視線を上げて那智を見る。彼も麗を見つめていた。

「眠くなったら、いつでも寝てしまってください」

「……ドキドキして、眠れないかもしれません」

「ドキドキ？」

「久我さんがこうして、ギュッとしてくれているんだって思うと……ドキドキして……。すみません、わたしを眠らせるためにやってくれているのに、なんか、おかしな気分になっちゃって……」

那智が軽く息を吐き、コツンとひたい同士をぶつけた。

「麗はどうして、そうやって煽ってばかりなのかな」

「煽る……？」

ふわっと唇が重なる。

「今すごく、抱きしめてキスしたい」

「し、してます……。久我さん、そのセリフ、何回目ですか」

食事に行く前も言われた。確かその前も……。

ドキドキしている鼓動が密着した胸から彼に伝わっていそうで恥ずかしい。パジャマ越しに感じるのは那智の素肌だろうか。

（あったかい……）

トロン……と、目元がゆるんだ。

「気になっていたんだけど、麗はどうして名前で呼んでくれないのかな？」

「名前……」

「ずっと『久我さん』だから」

また唇が重なってくる。チュッチュッと唇をついばまれ、少しくすぐったい。されるままでいると、いつのまにかあお向けになって彼のキスを受け取っていた。

「麗、呼んで」

「でも、ぁ……」

「私の名前、好きなんでしょう？」

ドキンと大きく鼓動が高鳴る。胸があたたかくなるのと同時に唇からの刺激で頭がふわふわしてきた。

腰の奥から覚えのない熱が上がってくる。

（呼びたい……那智さん、って）

その熱が声を押し出した。

「那智……さん……」

「はい」

「那智さん……」

いい名前、そう思えば思うほど、ふわふわとした心地よさが大きくなる。

上唇を食まれ、吸われて、唇の表面がなんともいえず心地よい。おまけにずっと密着しているせいか全身までがふわふわしてきた。

「那智さん……きもち、いい……」

彼の背中に腕を回し、上から下へ、下から上へ、ゆったりと撫でていく。手のひらから那智が沁みこんでくるようで、麗はゆっくりと息を吐いた。

「那智さんの、身体……すごく……」

うとうとしてくる。全身があたたかくて心地よい。なのに腰の奥に絞られるような切なさがある。それがなにかはわからないまま下半身をもじもじさせると、少し楽になる。

癖になる感覚だ。心地よさに上乗せされて、身体の奥から知らない感情が目を覚ますような……。

「ぁ……ハァ……んっ」

「麗……？」

触れた唇から伝わってくる那智の吐息も、どこか熱を帯びているような気がした。彼と同じ熱を共有しているのかと思うとなぜか下半身が蕩けそうに重くなる。

肩や腕をさする那智の手の動きがもどかしい。もっと違う場所もさわってほしい。そうしたら、もっともっと心地よくなる気がする。

「那智さん……もっと、……」

「ん？」

「もっと……さわって、くださ……ぁ」

もっと那智を感じたくて、麗は身体をうねらせるように擦りついた。

「麗、そんなに……」

「那智……さん……」

思考までとろりとしてきた。那智の声が焦っているように聞こえたが、深く考えるのは無理だ。

首筋にかかる彼の吐息が、あたたかい蜂蜜のように肌を滑り落ちる。大きな手がゆっくりとボディラインをなぞるとゾクゾクして、その手が胸の上を撫でているのを感じると身体が黙っていられなくなる。

那智の唇が胸元に落ちる。肌に吸いつかれている……ような気がするが、もう、意識が蕩け堕ちる寸前だ。

「なち、さん……きもち、いい……」

「すまない、そんな顔をされたら、さすがに我慢がっ……」

「なちさん……」

そんな顔……眠りに落ちる前のぼやけた顔のことだろうか。そんな顔を見られているなんて、少し恥ずかしい。

両腿を強く締めて腰を揺らしていると、なにかがじわじわとせり上がってくる。お腹の奥できゅんっと小さく弾けると、心地よい眩暈のようなものがぐるっと回り……。

安らかな意識の離脱。那智の声がつらそうだったことだけはわかるが、なぜかなんて考えられるわけがない。

麗は、そのまま眠りに落ちた――――。

「おはようございます、那智さん」

恐ろしくはつらつとした朝だった。

六時間の爆睡という夢のような夜をすごした麗は、早朝五時に目を覚まし、まだ眠っている那智の寝顔をじーっと鑑賞したのちひとりベッドを出た。

昨日から計画を立てていたことがある。朝食を作ろうと考えていたのだ。

キッチンは昨日のうちに確認した。食器がある場所も今ある食材も頭に入っている。麗はそれらで、ご飯とお味噌汁、ほうれん草のオムレツにボイルウインナーを添えたものを用意した。

お味噌汁を味見して、美味しくできたと満足に浸ったところで那智が姿を現したのである。

「朝ご飯作らせてもらいました。お口に合うかわかりませんけど、なんて謙遜もしてみますが、わたし結構お料理はできるほうなんですよ」

冗談めかして自慢する。しかしこれは本音でもある。実家にいるころ、料理は一切やらせてもらえなかった。十代の女の子がはまりがちなお菓子作りでさえ一度もしたことがない。

理由は「危ないから」「麗ちゃんはママが作ったものを食べていればいいの」という母の決めつけゆえである。

ただ実家ではできないぶん、学校の調理実習は楽しかったし、お菓子作りも友だちの家でした。料理が楽しくて高校では料理クラブに入っていたくらいだ。大学でも、名前は表向き

〝栄養学研究部〟ではあったが、ようは楽しく料理したあとに栄養素について話し合うという、実に美味しいサークルに所属していた。

麗は料理が好きだ。趣味特技を聞かれたときには「お料理をするのが好きです」と答えられるレベルである。

料理が好きだと言う女子は〝あざとい〟と思われがちなのはわかっているが、高評価を得たいわけではなく、本当に好きなのだから仕方がない。

「那智さんもお料理するんですか？　冷蔵庫の中の食材が豊富で驚きました。検事さんて忙しいイメージがあるから」

コンロの火を止め、お玉を調理台に置く。すると両肩に手を置かれくるっと身体を返された。

「麗……」

「はい……」

なんだろう。那智の機嫌が悪い気がする。

気のせいだろうか。いや、いつものおだやかな表情ではない。怒っているような……。

寝起きが悪い人とか。朝は気分が悪いとか、低血圧とか。それなら、今こそ〝栄養学研究部〟で培った「低血圧さんに食べてもらいたい朝ご飯・でも本当に効果があるかは知らないよ」メニューを試すべきでは。

謎の使命感に燃える麗ではあったが、那智はシンクを両手で摑んでそんな彼女を追い詰めた。

「麗は、俺が男だってちゃんとわかってる？」

「え？　は？　は、はいっ、もちろんですっ」

最初にうろたえてしまったのは、那智の口調が剣呑としていたうえに自分のことを「俺」と発言したからだ。

（は？　俺？　俺って言いました？　なんかカッコいいです！）

もしかしてプライベートでは「俺」なのだろうか。スーツ姿の検事モードが「私」なのだとすると、この意外な二面性にときめきしか感じない。

「那智さんは素敵だしカッコいいし、すっごく男らしい方だと思ってます。今それを実感しています！　ありがとうございます！」

「なぜ、礼を言った」

「寝起きの那智さんが見られたという感動で、つい」

「昨夜、ベッドの中でなにをしたか覚えているか？」

「もちろんです。那智さんがむちゃくちゃ心地よくて、あっという間に寝てしまいました。ありがとうございます」

ドキドキして眠れないのではと思っていたが、いつの間にか気持ちよくなって眠っていた。

あれはきっと、那智が優しくキスをしていてくれたおかげもあるのかもしれない。

那智が深く息を吐きながらガクッと肩を落とす。なぜ落胆しているのかがわからず麗は心配になりながら彼を見つめた。

(もしかして、キスをされて気持ちよくて寝てしまったなんて、すごく恥ずかしいことなのでは……！　でもふわふわして心地よかったって記憶しかないし……)

「麗……」

「はい」

麗がゴクッと固唾(かたず)を呑む。女性として恥ずかしい反応は避けること、など注意事項を出されてしまうのでは。

「……お味噌汁、美味しそうですね。具材はなんですか？」

「あ……ワカメと油揚げです」

「そうですか、誰かに朝食を作ってもらうなんて久しぶりです。顔を洗ってきますね」

(あっ、元に戻った)

ワイルドな那智に後ろ髪をひかれつつ、麗はニコッと笑う。

「はい、テーブルに用意しておきます」

「全部やらせてしまって申し訳ない。後片づけは私がやりますから」

麗から離れ、キッチンから出ていく。

「那智さん……いい旦那さんになりそう……」

思わず口から出た言葉に、ポッと頬があたたかくなる。いい旦那さん候補に、麗は逆プロポーズ中だ。

ダイニングテーブルに二人分の朝食を用意しながら、実家の父は家事の分担など頭にもない人だったのを思いだす。

母は専業主婦で、女子短大を卒業後は就職することなく母方の祖父の部下だった父と結婚した。父は公務員で役所勤め。今は次長だが部長候補の筆頭にいるエリートだ。

プライドが高く、自分の意見は絶対。母は常になにかをしていたい人なので、仕事以外なにもしない夫でも不満を口にしたことはない。

ある意味、割れ鍋に綴じ蓋というやつだ。

ふたりに共通するのは、麗に対する扱いかただった。

「美味しそうって言ってもらえて嬉しいな～」

意識して口に出し、よけいな考えを追い出す。ご飯とお味噌汁をテーブルに運んだタイミングで那智がテーブルに戻ってきた。

髪を整え、ワイシャツにネクタイにトラウザーズのみのスタイル。ウエストコートを着ていないせいでブレイシーズが見える。こんな姿も新鮮でつい見惚れてしまった。

「お箸とかお茶碗、間違ってなかったですか？　食器棚の手前にひと組だけあったので、多分そうだと思って使ったんですけど」

「間違っていませんよ。ありがとう」

向かい合わせにテーブルに着くと、麗は自分用のお茶碗を両手で持って顔の前に掲げた。

「このお茶碗、お椀とお箸も、セット物の箱のなかから出しちゃいました。事前に聞かなくてすみません、大丈夫でした？」

アパートで使っている食器は持ち出せなかった。もし母が来たらいつもの食器がないことに気づくかもしれない。

「かまいませんよ。戴きもので、いつ使うのかもわからなかった代物ですから」

「よかったです。使えるものがなかったら、小鉢にでもご飯を盛ろうと思ってました」

アハハと笑い、一度茶碗を置いて「いただきます」をする。合わせたわけではないのだが那智と声が重なり、言ったあとにふたりで笑い合った。

「美味しいですね。麗は料理上手だ。さすがは自分で『できる』と言うだけはある」

「それなんですけど、別に料理できますアピールをしたかったわけではないので」

「気にしなくて大丈夫ですよ。料理が好きと言うと〝いいお嫁さんになりますアピール〟だと揶揄する人もいますが、そうすると本当に料理好きの女性は自分の〝好き〟を口にできなくなってしまう。ただ、女性だとからかわれるのに、男性が『料理や人の世話をするのが好きだ』と言っても冷やかされない。むしろ過剰に称賛される場合もある。これはおかしな傾向です。私の弟はシェフかというくらい料理は上手いし人の世話は焼くし、まあ、ちょっと口うるさいですが、家事力完璧なのに〝いいお婿さんアピール〟と言われたことは一度もないようです。愛想がないのでそんな感想を言ったらすごい顔で睨まれそうとでも思われているんでしょうね。いい弟なんですが。そんな弟も、料理も整理整頓も一切駄目駄目の駄目だけど、法律家としてのセンスだけはとてもいい優秀なお嫁さんをもらいました。彼の家事センスはいかんなく発揮されていることでしょう。喜ばしいことです。あっ、このオムレツ、ものすごく美味しいですね。ん？　もしかしてチーズが入っていますか？」

食べながら一気に話を進められ、刹那、情報の整理が追いつかなくなった。それでも最後に投げられた質問には、反射的に「はい」と返事をした。

那智がにっこりと微笑み、ゆっくり首を縦に振る。

仕事で被疑者の取り調べもすると言っていたが、彼に取り調べられる人は大変だという気がした。

理解が追いつかない状態で一気に畳みかけられたら、内容を偽ることもできないまま「はい」と肯定してしまいそうだ。

「那智さん、弟さんと仲がいいんですね」

「なぜです？」

「楽しそうでした。弟さんのお話をしてくれているとき。弟さん、弁護士さんなんですよね」

オムレツを口に入れて嚙みしめる。美味しいと言ってもらったせいか、嬉しさも重なってさらに美味しく感じた。

明日も朝ご飯作ろう、いや毎日作ろうと、固く心に誓う。

「ええ、弟は個人事務所を持っている弁護士です。私は仲がいいつもりなんですけどね。弟のほうは煩わしく思っているかもしれません。いや、もうそんなこともないかな」

「気難しい方なんですか？」

「過去のことですが、実家を継ぐよううるさく言ってしまったのです。父と祖父に頼まれていたからもありますが、我ながらしつこかったかなとは思います」

「ご実家を、ですか？　でも、ご両親は国際弁護士さんですよね？　なにかご商売でもしているんですか？」

「ああ、そういえば言っていませんでした」

那智は右手で箸を持って食べながら、左手でテーブルに置いたスマホを操作する。目的のものを表示させた状態で麗にスマホの画面を向けた。

「これ、実家の家業です」

ボイルウインナーをパリッといわせながら覗きこむ。見た瞬間、咀嚼が止まった。

そこにあったのは、メディアや広告でも見たことのある大手総合法律事務所の公式サイトだったのである。

「今は父が所長です。うちは一家で法律家なんですよ。引退はしましたが祖父は最高裁の裁判官でした」

久我家のすごさがさらに増す。大手総合法律事務所が家業なうえ、祖父が元裁判官。

エリート公務員のはずの、麗の父の存在が小さく感じてくる。なにかと自分の存在を上に上にと置きたがる人だが、その上にはもっと上がいる。父のような人をお山の大将というのかもしれない。

「私がさっさと検事の道を選んでしまったので、跡取りのお鉢が弟に回ってしまって。しばらくもめましたね。今は弟が継ぐことで決着しています」

「そうなんですか。じゃあ、那智さんは検事さんを続けられるんですね。でも、ご両親も弟さんも弁護士なのに、なぜ検事になろうと思ったんですか？」

「検事のほうが弁護士より優秀じゃないと就けない職だったからです」

（ほんと、すごいことをサラッと言っちゃう人だなぁ……）

笑顔が固まり、箸が止まる。

「それは冗談だとして、人間にはそれぞれに適性というものがあるんですよ。私は長男で、祖父は私に家業を継がせようとしていました。ただ私は、総合事務所の所長なんてものには向いてはいない。底抜けに社交性のある弟のほうがよっぽど向いているんです。ですから検事の道を選びました。この選択を後悔したことはありません。家業もいい方向に収まってくれそうだし、安心しています」

那智は、家業の跡取りとしてもっとも適任な弟に、その座を渡すために検事の道を選択したのだ。自分のことを「家業を放り出した長男」のように言ってはいるが、それは家業のためであり、弟のため。

（優しいっ）

胸がきゅうんとなる。が、ふと、弟という人物は「愛想がない」と言っていたように思う。しかし今の話では「底抜けに社交性がある」と出てきた。

……矛盾しているのではないか。

考えこみそうになるが、那智の言い間違いかもしれない。せっかくの朝食の時間に、重箱の隅をつつくようなことをするべきではない。

麗はサッと話題を変える。

「那智さんのご家族のことが知られて嬉しいです。那智さんとたくさんおしゃべりしたいし、わたし、明日も張りきって朝ご飯作りますね。明日と言わず、毎日作ります」

「それは嬉しいな。それなら私は後片づけを担当しよう。ああ、でも、作れないときは無理をしないこと。もう少し寝ていたいときも起きなくていい。睡眠を優先しよう。そういうときは私が作るし、私も一緒に寝てしまっているときはモーニングでも食べに行けばいい。これは、ふたりで生活するうえでの決まり事。いいですね」

「はい、わかりました」

明るく返事をする。なんていい決まり事なんだろう。そして、なんて那智は優しいのだろう。

後片づけ担当だとか、無理をするなだとか、寝ていてもいいだとか、睡眠優先だとか、那智が作ってくれるとか、モーニングを食べに行ってもいいとか。

（わたしの運命の人、素晴らしすぎる）

麗は今日も、那智の運命の人安心感オーラにベタ惚(ぼ)れである。

「そうだ、決まり事をもうひとつ」

味噌汁椀に口をつけてかたむけていた那智が、思いついたように椀を下げる。なにを言うのだろうとわくわくしながら彼を見つめた。

「これから電車に乗るときは、絶対に人に寄りかからないこと。できれば男性の横には座らないこと。立つときは場所を考えて立ってください。電車は揺れますから、そばに立った男性に接触して身体を擦りつけてしまうかもしれない。それはいけない、非常に好ましくない状況です。大変都合が悪い。麗がというより、相手にとって都合が悪いかもしれない。いや、間違いなく都合が悪い。そうなると麗に危険が迫る恐れがあります。早い話が電車で男性に近づくなということです。あっ、私は別です。わかりましたね？」

「は、はいっ」

畳みかけられて、とっさに返事をしてしまった。

——あとで考えて、もしかして那智は麗が彼以外の男性にまで〝運命の人〟を感じては困るという意味で、あんな決まり事を作ったのでは……。

などと、自惚れてしまった……。

実際は、あまり男性とかかわった経験のない麗が危なっかしく見えるからだろう。

きっと、そのための注意だ。

那智と暮らしはじめて、十日ほどが経った。

そしてこのところ、麗は平均六時間の睡眠を確保している。

五時間のときもあれば七時間のときもある。このあたりは麗の仕事が終わる時間はもとより、那智が帰ってくる時間に大きく左右されるのだから仕方がない。

なんといっても麗は那智にくっついていなくては眠れないのだから、彼がいないことにははじまらないのだ。

引っ越し当初は那智も早めにマンションへ帰ってきていたが、本来検事はひとりひとりに配分される事件の数がとても多く、それをどのように捌(さば)くかで帰宅時間が決まるようなもの。

デスクワークはもちろん、事件の追加捜査もあれば公判関係の仕事もある。いつも早く帰れるわけではない。

担当する公判が裁判員裁判にあたる場合、選任手続期日の概要説明や裁判員選出の面接にもかかわるらしい。

それを聞いて、麗は選任手続期日のお知らせをもらっている旨を話した。考えてみればあと三週間後だ。

残念ながら那智が担当する裁判ではないらしい。もし那智が担当検事なら、法廷での彼が間近で見られるなどと、不真面目な期待を抱いてしまった。

あのときは仕事上の都合と辞退希望を出したが、今は、もし選ばれる可能性があるならやってみたいと思いはじめている。

仕事はなんとかなる。裁判当日に麗が休んだからといって、自分の担当分ノルマというものが存在しないこの仕事が止まることはない。

それに企業側には、社員が裁判員に選ばれた場合、選任手続日や裁判日に休めるよう配慮するよう法律で定められているという。

参加することで、もっと那智に近づけるような気がした……。

朝食はずっと麗が作っている。睡眠優先で起きられないときは作らなくていいとは言われたものの、料理が作れるこの環境、それもふたり分となれば作り甲斐（がい）がある。

なんといっても那智が食べてくれるのだ。なにを作っても美味しいと喜んでくれるし、彼の好みもかなりわかってきた。

睡眠が十分にとれる生活が戻ってくると、実感できるほど気持ちに余裕が出て意識が鮮明になる。感情が豊かになるというのだろうか。その勢いにのって、麗は希美に電話をした。結婚式に出席できなかったことを謝り、そもそも招待状が麗の手に渡っていなかったことを説明した。

希美はすぐにわかってくれた。

千佳に話を聞いていたのもあるようだが、麗が両親の過干渉でつらい状況に置かれていることは知っているのだ。

お祝いを送るという話と、近いうちに食事に行こうねと約束もできた。大切な友だちの誤解をとけたことがとても嬉しい。

仕事も効率よく進む。切り上げどころがわかってくる。無理な残業もしなくなった。

とはいえ無理な残業をしていた理由が、借金返済のためである。完済が近いとはいえ、あと少し残業生活は続きそうだ。

——そして今日は、久々の終電確定残業を決めた日である。

「じゃあお先に～」

残業中の社員がまだ数人残るオフィスで由喜美の声が響く。先輩たちの「お疲れ～」の声に交じって、麗も「お疲れ様です」と声を出した。

声を出しただけで顔はパソコンに向けたまま。そのとき目の前のモニターに由喜美の姿が映りこみ手を止めて顔を向けた。

彼女がデスクの横に立っている。なにやら複雑そうな表情だ。

「お疲れ様です、由喜美さん。お気をつけて」

言葉を足してねぎらってみる。顔も向けないでいたのは失礼だったかもしれない。

「麗ちゃん、今日は終電?」

「はい、あっ、鍵ならもらってありますから、久しぶりですけど施錠し忘れたりしません」

「そうじゃなくてさ、デートがあるなら残業なんてしないで帰りなよ。みんながしてるからってつきあわなくていいんだから」

「デート、ですか?」

デートと名のつくものをしたことはない。先の日曜日に「麗を連れていきたいところがある」と言われて、休日にふたりで出かけるなんてこれはもしやデートというものでは、と心躍ったが、那智の仕事が入って流れてしまった。

「だって最近、すごく早く帰るでしょ。仕事張りきってるしお洒落(しゃれ)になったし、肌も綺麗になって目のクマもなくなったし、よく笑うし、これはもう絶対に彼氏だなって思って」

「はあ……」

曖昧な返事しか出なかった。それより〝彼氏ができた〟に思い至る決定打はどれだったのだろうと気になって仕方がない。

早く帰ることとか、仕事を張りきっていることとか、お洒落になったことか、肌が綺麗になったことか、目の下のクマがなくなったことか、よく笑うことか……。

それにしてもすごい観察力と想像力だ。それともこれは女性として普通のことなのだろうか。麗に恋愛経験がなさすぎて、わからないだけなのかもしれない。

また、由喜美がそんな心配をしてくれるとは思わなかった。デートなら残業なんかするな、なんて。

この気遣いには謹んで応えねば。麗はニコッと笑顔を繕う。

「ありがとうございます。でも、デートではないんですよ。残業ばっかりで、自分の限界試しみたいなことをしていたら体調が悪くなっちゃって。当然ですよね。だから反省して体調を整えるべく頑張ってるんです。おかげさまで最近はよく眠れるようになって。睡眠は大事ですね、ほんっと、なにがあっても睡眠を軽んじちゃいけないって悟りました」

「そう……なの？」

「はいっ」

元気に返事。――嘘は言っていない。

由喜美は気まずそうに顔をしかめるが、すぐに調子が戻る。少々苦笑い気味だ。

「そっかぁ、そうだよね、麗ちゃんに彼氏はまだ早いよね。ごめんね、体調改善を心がけているなんて、偉いわ～」

一緒にアハハと笑い声をあげる。近くの同僚が「麗ちゃん二十五だし、別に早くないんじゃないかな」と口を挟むが、由喜美はスルーした。

早くはない。むしろ今までなにもなかったのを不思議に思われてもいいくらいだ。

「皆さん、残業お疲れ様です～」

常務の波多がオフィスに入ってきた。判で押したようなセリフと声のトーン。最近細かいことにまで頭が回るようになって気づいたが、波多はいつも同じ調子で現れる。

「これ差し入れ、みんなで食べて……あれ？　由喜美君は帰るのかい？」

バッグを肩にかけた由喜美に目を留め、ちょっと驚いた顔をする。踵(きびす)を返し、由喜美は波多に駆け寄った。

「ええ～、今日はなんですか～？　あっ、ドーナツだ。帰ろうと思ったけど食べていこうかな」

「そうしなさい、そうしなさい。たくさん持ってきたから」

「これクリームがいっぱい挟まったやつじゃないですか。嬉しい～、これ好きです」

「もちろん知ってますよ。じゃあ、由喜美君、配ってくれるかな」

「はーい」

嬉しそうにドーナツの箱が入った袋を受け取り、由喜美はミーティングテーブルに運んでいく。先ほど麗の件で口を挟んだ同僚が「……また、仕事しながら食べづらいなぁ」と呟くのが聞こえた。

こっそりと見回せば、麗の他に残っている三人とも苦笑いである。

不眠症改善ができてきて心身ともに良好になってくると、見えなかったものが見えてくる。たとえば、意外とみんな波多の差し入れに不満を持っている。差し入れをもらって文句を言うべきではないとわかっているが、手が汚れて作業が進まないものが多いことと……。差し入れのほとんどが、由喜美の好きなものであるということだ。

(デートの心配をしなくちゃならないのは、由喜美さんなのかな……)

波多は既婚者なので、あまり関与したくないことではある。

「今日は麗ちゃんが戸締り担当なんだって？　久しぶりだね」

いきなり波多に声をかけられビクッとする。驚いたのをごまかすようにデスクチェアを回して身体を向けた。

「はい、今日は少し多めにやっていこうと思って。皆さんが遅くまで頑張っているのに、最近お先にあがらせてもらうことが多かったので」

「早上がりが多かったよね。もしかしてデートかい？　若い子はいいねぇ、いやあ、いいことだ。それなら帰ってもいいいんだよ？」

由喜美と同じ発想である。もう一度同じ説明をするかと口を開きかけるが、ドーナツを出していた由喜美が声をあげた。

「体調を整えるためですって。毎日最終だったし、身体も壊すよね。麗ちゃんはデートなんてガラじゃないですよ」

「そうなのかい？」

「は、はい～」

ちょっと返事が引き攣ってしまった。デートなんて考えない真面目なタイプだという意味にとればいいのか、デートになんて縁のないタイプだととればいいのか。

「そうか、若いからって気を抜いちゃいけないよ。健康には気をつけて」

うんうんと首を縦に振り、波多はニコッと笑顔を向ける。

「麗ちゃんになにかあったら、お父さんが心配してしまうからね」

「……はい、そうですね。気をつけます」

それが、切って貼った感情のない笑顔に見えて、薄気味悪く感じた。

すぐに由喜美がドーナツを持ってきてくれて、波多はミーティングテーブルへと移動する。ペーパーナフキンにのったドーナツを受け取った同僚がちょっと眉をひそめたのを見て、麗は笑顔で立ち上がった。

「紙皿持ってきますね」

渡されたドーナツを持ったまま給湯室へ向かう。すれ違いざま「由喜美さんのぶんも持ってきます」と言っておいた。

自分が変われているのを、少しずつ感じている。

那智のそばにいるからだと思うと、それだけで気持ちが明るくなった。

最終電車までの残業を決めたのは、波多に言ったように最近早めにあがっているから、という理由ではない。

今日は那智も公判に向けた詰めの仕事があって、終電に乗るだろうと聞いたからだ。

『じゃあ、わたしも終電に乗りますっ。一緒に帰りたいです！』

張りきってそう言ってしまった。

同じ電車に乗り、駅から歩いて一緒に帰る。こんなのは初めてだ。

(那智さんのことだから、手なんか繋いでくれるかも!!)

――――ほら、麗、手を繋いでいきましょう。

その時間になってもスーツの乱れひとつなく、大人な紳士の微笑みで手を差し出してくれる。そんな彼の表情や声までが想像できる。

(いや、もしかしたら、ちょっと怖い那智さんが出てくるかも……)

――手を繋ぐ。いやならお姫様抱っこしていく。うん、そのほうがいいかもしれない。目を離したらどこかに行きそうだと心配しなくていい。

ストンと落ちた表情。剣呑さを感じさせる声。そういうときの那智は血の気を引かせるほどの迫力だが、麗としては胸のきゅんっが止まらない。

こんな反応も、彼の二面性を知っているからこそだ。

（どっちでも大歓迎ですっ、那智さんっ）

胸のムズムズに堪えられないあまり、両手で頬を押さえてぶんぶんと首を振る。誰かが見たら気持ち悪がられるのではとハッとして周囲を見やるが、終電待ちの駅のホームは閑散としていて、柱の陰に人がいるのかもしれないが視界には入らなかった。

ひとりで浮かれているが、一緒に帰りたいなんて、那智はいやではなかっただろうかと少し心配ではある。

どうせ帰ったらくっついて寝るのに、帰宅から一緒にいなくても、と思われたのではないか。いつでも一緒にいたい女みたいで、重くはないだろうか。

（いや、那智さん、そんな人じゃない。……それに、那智さんの〝決め事〟を考えれば、遅い時間なんだから一緒にいるのが一番！）

うん、そうだそうだと首を上下に振り、ひとり納得して電車を待つ。

ぼんやり電車を待っているときは、那智との〝決め事〟が頭をよぎりがちだ。

——これから電車に乗るときは、絶対に人に寄りかからないこと。できれば男性の横には座らないこと。立つときは場所を考えて立ってください。

そんなことを言われたのは、同居してすぐのころ。思えばこれを皮切りに、ふたりの決め事が増えていった。

——食材の買い物はできるだけふたりで行きましょう。わかりましたね。ひとりのときはこれを使ってください。はい、カード。

一緒に食材の買い物なんて、同棲カップルみたいで照れる。いや、同棲カップルは間違いではない。それでも自分のカードを簡単に与えてしまうのはどうかと思うが、それだけ信頼してもらえているのだと信じて大事にお財布にしまった。

つきあいで作ったカードで家族の利用も可だという。——もはや家族枠に入れてもらえているのだろうかと心が躍る。

——本当に結婚したいと思っているなら、俺の気を揉ませないこと。麗は危なっかしすぎるから。

これはワイルド那智に言われた。ひとりで買い物の最中、サラリーマン風の男性に美味しいシメジの食べかたを聞かれ、温野菜や炒め物のバリエーションをふたつみっつ教えてあげた。するとレジやサービスカウンター、出入り口でも会って、なにか言いたそうだったけどタクシーに荷物を積み終えたところだったので会釈して帰ってきた。レシピを教えてもらったお礼でも言いたかったのだろうか。……という話をした直後に那智の表情がストンと落ちたのだ……。

あとからよーく考えてみれば、ある種のナンパだったのかもしれない。そういった経験がなさすぎて、単にシメジのレシピが知りたい人としか思わなかった。

――連絡は密に。いいですね、なにかあったら、ありそうだったら、すぐに連絡してください。もちろん私も、なにかあるときはすぐに連絡をします。

これは、とても心強い決め事だ。

なにかあったら、ありそうだったら、すぐに頼れる人がいる。それがどんなに心強くて安心できることか。

他にも細かい決め事がある。

通勤時に首まわりが大きく開いた服を着ない。通勤時に髪を縛ってうなじを見せない。通勤時に膝上のスカートは穿かない。通勤時に色が濃い口紅は避ける。……ただ、これらについては那智の希望を前提に、麗に決定権があった。

『服装に関しては麗の趣味や好みも絡むことだから、強制的な約束事にはできないと思っています。麗がそうしたいのなら止めませんが、私は家以外では避けてほしいと思う』

ようは、身だしなみに気を使い行動しろということではないだろうか。

終電の時間になっても洗練された身だしなみを保っている人だ。那智を見習えばいい。麗はそう解釈し、追加の決め事にＯＫを出した。

通勤時の注意として、アンケートや署名を求められても相手が男だったら走って逃げる。ただし通勤時の他、ひとりで出歩いているときも同様である。というものも追加されたところをみると、ひとりで行動する通勤時間はどれだけ危なっかしいと思われているのだろうか。

そして、もうひとつ。

――情に訴えた呼び出しに応じないこと。

これに関しては、なにを指しているのか不明だ。もしかして麗が詐欺に遭って借金を負わされたことから、またひどい目に遭わないようにと考えてくれたのかもしれない。

(優しいな、那智さん。だから安心できるのかな)

いろいろと細かい決め事ができていくが、いやだとは思わない。むしろ麗を守るために考えてくれているのだと思うと嬉しい。

那智のことを思うと、ふわっと胸のなかがあたたかくなる。ちょっとくすぐったい感情も下りてきて、麗の悪戯心が顔を出した。

電車待ちをしていた場所から一両ぶん横にずれる。那智の乗る車両の後続車両への乗り口だ。

那智はいつもの車両に乗っているはずだから、当然麗もそこに乗ってくると思っているはず。

麗の姿が見えなかったら驚くだろうか。慌てて電話をしてくるかもしれない。

麗の姿がなくて焦っている那智の前に現れる、という些細な悪戯を思いついた。

『終電に乗り遅れたのかと思いました』

きっと那智は、そう言って笑ってくれる。

（それともホッとした顔とかしてくれるかな。抱きしめられちゃったらどうしよう）

妄想と願望は続く。ニヤニヤしかける顔をきゅっと引き締めた。

電車が入ってきてドアが開くと、麗は嬉々として乗りこむ。すぐに那智のいる隣の車両へ移動しようとした、とき……。前をふさがれた。

「えー、なになに、シラフ？」

「酔っぱらってない女の子も乗るんだ？」

「わかったっ。一発ヤってこれから帰るとこっ。あたり？　ねえ、あたり？」

三人の男が麗の行く手を阻む。ご機嫌でぐいぐい詰め寄ってくるのはお酒を飲んでいるからだろう。強烈にアルコール臭い。

「ねえ、おれたちと飲みに行こう？　飲み足りなくてさあ」

「行こ行こ、つきあってくれたら、オレたちもおねーさんの二発目につきあってあげるからさっ」

「おまえ天才っ。良案良案、ないすあいでぃあっ」

「あの、すみません、よけてくださ……」

ずいずい迫ってくるのでそのぶん後退する。下がりたいのではない。前の車両に行きたいのだ。早く行かなくては、那智が心配する。

なのに前に進めない。焦って強引に突破しようとすると、腕を摑まれ三つの壁に取り囲まれた。

「うぉっ、腕ほっそっ、折れる折れる、かーわいい」

「一発目誰だったの〜？　彼氏？」

「他に客いねーし、ここでヤっちまおうか」

下品な笑い声に囲まれて、やっと脳が危険信号を出す。これはかかわってはいけないタイプの人たちだ。逃げなくては。

前には行けない。それなら、ドアが開いているうちにホームへ飛び出して……。

考えついたのと同時に摑まれた腕を振り払う。急いでドアに向かおうとしたが、最悪のタイミングでドアが閉まってしまった。

逃げ道がない。この車両に他の乗客はいないが、大声を出せば誰かが気づいてくれるだろうか。あわよくば那智に届いてくれたら。

――――麗は危なっかしすぎるから。

そう言われて決め事を作られた。こういうことなのだろうか。あれは、男に隙を見せるなという意味だったのかもしれない。

「ざんねんでした～」

背後でたつ笑い声。軽い振動のあと電車が動きだす。すると……。

「うわっ!!」

重なる叫び声とともに三人がその場に転倒した。大きな音に驚いて身体が震え、いきなり腕を引っ張られる。

なにがなんだかわからないうちに抱きこまれるが、その感触はとても安心できるものだった。

「まったく、危なっかしい」

苦笑いで嘆息したのは、那智だったのである。

「那智さ……」

「なんだぁ、てめぇ!」

「ふざけんなよ！　……くそっ、痛ぇ……」

感動する間もなく三人がよろよろと立ち上がる。派手な音がしたのでよほど激しく転んだのだろう。

「電車が発車する際は、女の子に絡むよりも吊革に摑まっていたほうがいい。揺れるので転ぶ」

ハッとして那智を見る。――やはり、表情が落ちていた。

「おまえが足ひっかけたんだろうがよ！　殺すぞ、てめぇ！」

「殺す？　ほぅ、今のは脅迫ですね。立派に犯罪が成立しますがよろしいですか。いつもこんなことをして女性をおびえさせているんですか。今回は未遂ですが、未遂ではないこともありそうだ。叩けば余罪が出てきそうで面白いです。電車を降りたら検察に引き返しましょう。すぐに送致して勾留請求をしてあげます。時間も遅いですし、たっぷり飲んでいるようなので明るくなってから仕事に行くのもいやでしょう。――拘置所で、ゆっくり寝ていてください。寝られるかどうかはわかりませんが」

三人はじりじりと後ずさる。説明しているだけだが、まず声が怖い。そして表情が落ちた那智は謎の威圧感がある。

並の人間では太刀打ちできないのでは……と、麗は思うのだ。

「警察かよ……」

「行こうぜ」

「くそっ」

三人はぶつぶつ言いながら後方車両へ逃げていく。おそらく三人は那智を警察の人間と勘違いしたのだろう。

なんにしろ助かった。ホッと息をつき那智に目を向ける。

「那智さん、ありがとうございました。助かりました。もう、どうしたらいいかわからな……く、て……」

言葉が途切れる。那智が、表情を落とした顔のまま麗を見ていた。

「……なぜ、いつもの車両に乗らなかった」

「は、い……？」

「乗る車両については暗黙の了解があるはずだ。なぜいつもの車両に乗らなかった。見当はつく。違う車両からいきなり現れて驚かせてやろう、なんてくだらないことを考えていた、おおかたそんなところでしょう。どうしてそんなくだらないことを思いついてしまったのか。人の少ない終電で、もしかしたら意図せぬことが起こるかもしれないとは考えなかったのか」

「すみませんっ、考えなしでしたっ」

速攻で謝ってしまう。那智に申しわけないという気持ちと先ほどの恐怖がないまぜになるが、彼の片腕がずっと抱きこんでくれているおかげで安心感が募ってくる。

じわっと……涙が浮かんだ。

「でも……怖かったので……、那智さんが来てくれて、よかった……」

ガラの悪い人たちにこんなふうにからまれたのは初めてだ。今になってから、乗る前におかしな人が乗っていないか確認すればよかっただの、すぐにホームに飛び出していればよかっただの、「警察呼びます」って叫べばよかっただの、いろいろと思いつく。

あとになって「こうすればよかった」と思ってしまうのは、麗の悪い癖である。

「ごめんなさい……」

目元にハンカチがあてられる。那智が静かに涙を拭ってくれた。

うながされてシートに並んで座る。しかし抱きこまれたままなので体勢が不安定だ。しがみつけば安定しそうだ。抱きつきたかったが、ここは我慢して彼の膝に手を置いた。

「抱きついていいんですよ？」

「あ……でも、ほら、他の人に見られるかもしれないし……」

「この時間に男女が抱き合っていても、おかしな目で見る人なんていませんよ。ベッドの中では全身擦りつけてハアハア言ってるくせに」

「言いかたっ」

なんという表現をしてくれるのだろう。いやらしくしか聞こえない。しかし気持ちよくて何度も感嘆の息を吐いている気がするので、間違いではないかもしれない。

電車を降りると身体は放してくれたが、代わりにガッチリと手を繋がれた。希望どおりだったので嬉しいものの、力が強い。本当に〝ガッチリ〟繋いでいる。

まるで、そばから離れるなと言われているかのようだ……。

マンションに帰り、それぞれ入浴後すぐにベッドに入った。

「はい、お待たせしました」

先にベッドに入っていた麗の隣に、那智が身体を滑りこませる。彼の両腕が巻きつくのと同時に、抱き寄せられた。

「麗」

「はい」

「女性としての警戒感、危機感をゆるめる男は、私だけにしておいてください」

電車でのことを言っているのだろうか。麗は那智にくっつき、パジャマの胸を摑んで顔を擦りつける。

「はい、那智さん……」

彼のにおいが、体温が、その存在が、安心感をくれる。電車であったことも、会社で感じたいやな気持ちも、すべてどうでもよくなっていく。

「わたし……男の人に怖い目に遭わされたことってなくて……詐欺に遭ったときも、その人は優しい人だったんです。だから、騙されたんだってわかったとき、なにがなんだかわからなかった。身分証とか見せてもらっておけばよかったとか、署名する前にじっくり見ればよかったとか、あとになってから考えついちゃって。それに、怖かったりいやな目に遭ったとき、すぐに、自分がちゃんとしてないから悪いんだって納得しちゃって……」

「それは、子どものころから？」

「はい……」

「麗は悪くありませんよ。騙した男が悪いし、先ほどだって、多勢で女性をおびえさせ脅す男が悪いんです。麗は自虐癖がある。こんな目に遭う自分が悪いと考えることで納得しようとする。……なぜそんな癖がついたのか、わからなくはないのですが……」

麗自身もなんとなくわかる。けれどあまり考えたくなくて、忘れようとするかのように両腕を那智の背中に回し、しがみついた。

「……抱きついていいですか？」

「すでに抱きついていますよ」

「電車で……抱きつけなかったので」

「好きなだけどうぞ。それで麗の気持ちが安らぐなら」

大きな手が頭を撫でる。あたたかくて、気持ちよくて、泣きそうだ……。

「なちさん……」

体温が上がってくる。肌に微電流が走って吐息が深くなった。

「なち……さん……」

腰の奥にキュッと引き攣るような感覚が走り、なんとなく内腿(うちもも)を擦り合わせる。意識がとろんとしてきた。もう間もなく、眠りに入れるだろう。

なにを言われたのか意味も考えられないまま、麗は眠りに落ちていった。

「そろそろ……、ちゃんと私を男として見てくれませんか……」

那智の囁き声が耳に心地よい。鼓膜の奥まで沁みわたる。

「……麗」

先週の休日、「麗を連れていきたいところがある」と言われていたものの、急遽那智の仕事が入りお流れになった。

そのお出かけが、この日曜日に決行されることになったのである。

麗としてはウキウキだ。なんといっても食材の買い物以外で那智と外出するのは初めてなのだ。

連れていきたいところとまで言っているのだから、よもやスーパーやコンビニではないだろう。デートとまではいかなくてもそれに匹敵する期待感があった。

いつもよりはメイクに気合を入れようというのはすぐに決まったのだが、女性定番の悩み「なにを着ていこう」で迷いに迷った。

どこに連れていかれるのかわからないのだから、あまり気合の入った服装はできない。しかしラフすぎるのも寂しい。

そこで、なんとなくかわいくて、なんとなくカジュアル、くらいでまとめたのである。

肩まわりから袖口まで続く大きなフリルがかわいいカットソー。薄いスエット生地でショート丈のおかげで華美になりすぎない。スカートは白地にベージュのチェック柄、ハイウエストで飾りポケットがアクセント。

実をいえば両方とも初めて着る。一年前、アパレルショップのショーウインドウに飾られているものに一目ぼれして衝動買いしてしまった。

ただ、買ったのはいいが着ることができなかった。

母が好きなタイプの洋服ではない。もし着ているところを見られでもしたら……。

かといって捨てることもできず、クローゼットの奥深くにしまってあったのだ。那智が「連れていきたいところがある」と意味深発言をしてくれたとき、悩みつつもこのセットが着たくて、アパートから持ってきた。

ドキドキしながら袖を通し鏡の前に立ったとき、自分が好きなものを着られたのが嬉しかった。

もちろん那智の反応も気になるところではある。彼のことだから「似合わない」などのひどい言葉は言わないだろうとしても、ひとつ、心配なことはあった……。

「とてもかわいいですよ。似合います。麗がそういった華やかな洋服を着ているのを初めて見ました。いいですね、実にかわいらしい」

着替えてリビングに出ていくと、準備を終えて待っていてくれた那智がソファから立ち上がり盛大に褒めてくれる。

嬉しくてニヤニヤしてしまいそうなのをなんとか抑えた。

「ですが……」

ドキッとする。続けて出てくる言葉が、なんとなく想像できる。

「スカート、膝丈ですね」

「でもっ、膝下ですよ。違反はしていませんっ」

膝下ギリギリ。座れば膝が丸出しになる。

決め事のひとつに「膝上のスカートは穿かない」というのがある。ただし、通勤時やひとりで行動するとき、という条件があるので、ふたりのときはいいのかなという勝手な解釈で臨んだのだが、やはりひとこと入ってしまった。

「反応が早い。スカートの丈でなにか言われるだろうと予想していましたね?」

「はい……、自分でも気になったので」

「気にする必要はありませんよ。いいじゃないですか。もっと短くてもいいです」

「は?」

どう反応したらいいだろう。よくても「ふたりのときならオーケー」くらいかと思ったが、彼の言葉は想像を超えていた。

「麗は脚の形が綺麗ですから、ミニスカート大歓迎ですよ。でも私とふたりでいるときだけにしてください。なんなら太腿丈でもいい」

「それはさすがにっ」

無理。とは思うものの、那智が見たいというならいいかな、という思いも顔を出す。脚の形が綺麗なんて言われたのは初めてだ。つい自分の脚をじっと眺めてしまう。

「那智さんは……ミニスカートが好きなんですか？」

聞いてからハッとする。男性にミニスカートが好きかなんて、失礼な質問ではないのか。こういうのをセクハラというのでは。

焦る麗を意に介さず、那智は如才なく答えてくれる。

「特に好きだと思ったことはないですが、今の麗の姿を見て、もっと短くてもいいな、なんて思ってしまいました。とてもかわいらしくて調子にのったかな」

麗の姿を見て、というところにときめきを禁じ得ない。

（膝上……チャレンジしてみようかな……）

しかし勇気のいる短さだ。覚悟がいる。

「麗はいつもふくらはぎ丈のスカートを穿いているから。意外な驚きと、あと私と出かけるからかわいい服装をしてくれたのかなと、思い上がっています」

思い上がりではない。那智と出かけるからこそ着る決心がついたのだから。それを伝えるべく、麗は控えめに言葉を出す。

「わたし、ミニスカートって穿いたことがないんです。でも、かわいいし穿いてみたくて」

「私と出かけるから?」

無言で首を縦に振る。照れくさくなって話を変えた。

「でも、行く場所にそぐわないようなら着替えます。那智さん、スーツだし」

「そぐわないことはありませんから、気にしなくていいです。私も麗と出かけるのだからもう少しラフな服装にしたかったのですが、ちょっと気を抜いたら冷やかされそうなので」

「冷やかされる?」

腕時計を確認した那智は、ポンッと麗の背中を叩く。

「予約の時間があるので、行きましょう」

「どこへ行くのか聞いてもいいですか?」

那智はにっこり微笑み、軽く言い放った。

「私の実家です」


オリエンタルリード総合法律事務所。

民事、刑事、企業法務、小さな相談から裁判にかかわる大きな相談まで。つまりは相談内容を選ばないメディアでも有名な大手の総合法律事務所だ。

そしてこれが、那智の実家の家業である。

「こんにちは、担当させていただきます、弁護士の角田(つのだ)です」

小奇麗な相談室でテーブルを挟み麗の前に座ったのは、とても綺麗な女性だった。差し出された名刺には【オリエンタルリード総合法律事務所　弁護士　角田仁実(ひとみ)】とある。

オフィスビルのワンフロアが丸々事務所になっているという広さ。その入り口で那智と麗を迎えたのが彼女だった。

見た瞬間に目を惹きつけられた。上質なパンツスーツに細身の身体を包んだ、とても整った顔をした美人だ。前髪を軽く流したショートボブ。かすかにカラーが入った髪、年は二十代後半か、三十歳前後だろうか。

凛々しさも感じさせる顔つきで、まさしく〝美人〟という言葉がよく似合う風貌である。

そしてなんといっても気になるのが、彼女が那智と、やけに親しげなことだった。

「でも本当にかわいいお嬢さんね。まさか那智がこんな女の子を連れてくるとは思わなかった」

テーブルに両腕を置いて、わずかに身を乗り出し、仁実は麗の顔をじっと見る。

「大丈夫？　いじめられてない？　那智は一気に攻め込んでくるから、押しきられて言うこと聞かされちゃった、とかじゃない？」

その問いかけに答えたのは、麗の隣に座る那智だ。

「人聞きの悪い。女性に無体は働かない」

「私にはしょっちゅう働くのに？」

「仁実は別」

「嬉しくない特別扱い」

「信用している証拠なんだけど？」

「ん～、天下の久我検事にそれを言われると痺れちゃうなぁ」

「存分に痺れていいぞ。感電死しそうなくらい案件振ってやる」

「いらなーい」

アハハハと仁実が無邪気に笑うと。那智も楽しげに微笑む。

（なんだろう。この雰囲気）

尋常な親しさではない。そこには軽口をきいても許される信頼感、絶対の関係性がある。

同じ法律家として仕事上のつきあいなのだろうが、彼女はいったい那智のなんなのだろう。

同級生ではないだろうし、先輩後輩関係にあたるほど年が近いようにも見えない。

（元カノ……）

そんな単語が飛び出し、本能的に瞬殺しようとする。が、その可能性が大きすぎてできなかった。

仁実が那智の実家の家業である法律事務所に所属しているということは、それだけ馴染みがあるということで、その縁で恋人同士になったと考えることもできる。

ふたりが並んだら、文句のつけようもない素敵な絵になるだろう。法律家同士で美男美女。最高のとりあわせではないのか。

（恋人だった人……）

気持ちがどんどん沈んでいく。那智はどうしてこんなところに連れてきたのだろう。どうして彼女を麗に会わせたのだろう。

もしかしたら、那智レベルの男性の許容範囲は仁実レベルだというのを教えようとしたのだろうか。

那智はそんな意地悪はしないはずだ。けれど、仁実と自分の違いを確認させられているようでとてもつらい。鼻の奥に刺激が走って、涙腺がゆるみそうになる。

「那智っ」

仁実の口調が強くなる。なにか会話の行き違いがあったのかと思ったが、途中からふたりの会話を聞いていなかったのでわからない。

楽しそうなふたりの声なんて聞きたくなかったから、無意識に聞かないようにしていたのかもしれない。

――どうして、こんな気持ちになるんだろう。

こんなの……まるで……。

――やきもちみたいだ……。

ゆるやかに、その感情が身体の奥で目を覚ます。

（やきもち……？）

「麗」

湧き上がってきたものを理解しきれないうちに、おだやかに呼びかけられる。横から顎をさらわれ顔が那智のほうを向くと、ハンカチを軽く目元にあてられた。

「泣いたら、メイクが崩れますよ。せっかくいつもより頑張ってメイクしたのに」

……メイクに力を入れたのが、バレてる。

「麗ちゃんが泣きそうになってるのは那智が悪いよ。どうせ、ちゃんと説明してこなかったんでしょう？　私のこと」

仁実が呆れた口調で息を吐く。いくら那智でも「元カノに会いに行く」とは言えないだろう。彼女はサバサバした性格のように見えるし、元カレが女の子を連れてきても気にする人ではないのかもしれない。

いい人だから会わせたかったのだろうか。――でも、麗はもやもやするばかりで、すごくいやだ。

「なにを考えてそんな顔をしているのか見当はつきますが、泣くのはやめてください。ここで泣かれたら、仁実に『はいＤＶ案件ね。私の得意分野キター、麗ちゃん、こいつ訴えていいよ』とはじまりますので」

　こんな気分じゃなければ笑えただろう。今はどうにも笑えない。

「誤解が深くならないうちに言っておきます。仁実は、私の弟です」

　――なにを言われているのか、数秒わからなかった。

「高校時代に、年上の彼女に女性の格好をさせられて癖になりました。こんなナリはしていますが、立派に男です。なんなら手の早さは兄弟で一番です。気を抜かないでくださいね、ただの女好きですから」

「そこまで言うっ？　那智君っ？」

　仁実は苦笑いだ。言われてよく聞いてみれば、結構なハスキーボイスで、女性っぽくもあるが男性と言われればそうとも聞こえる。

「本当のことだろう」

「もー、私、智琉（さとる）の奥さんにも、最初のころ元カノって誤解されたんだからね。なんなのあんたたち、ちゃんと説明しときなさいよ。私みたいな美人が仲よくお話ししていたら『あっ、この人誰だろう、元カノ？』って不安になっちゃうの当たり前でしょうが。そういう女心、なんでわかんないかなっ。それだからアラフォーになっても独身なんだよ、那智っ」

　自分をよく知っている。というか、なかなかに毒舌な人である。

「まだ三十七だが」

「四捨五入しな」

キッパリと言い捨て、仁実は立ち上がって麗の横に立つ。

「というわけだから、泣かないでね」

「はい、すみません」

事情を知れば泣きそうになっていた自分が恥ずかしくなってくる。仁実だって、いくら女性のようないでたちをしているからとはいえ実の兄の元カノに間違えられたら、あまりいい気分ではないだろう。

聞けば、以前もそんなことがあったようだ……。

座ったままではあるが、仁実に身体を向けてペコっと頭を下げる。

「おかしな勘違いをしてしまって、申し訳ありません。ご気分を悪くされましたよね」

「ふーん」

顔を上げた麗を仁実が覗きこむ。那智にも負けない綺麗な顔が目の前に迫って、ちょっと驚いた。

「素直でかわいい。那智みたいな法律馬鹿はやめておいて、私に乗り換えない？　大事にするよ」

「仁実、いい加減に……」

「あっ、それは無理です」

那智が口を出そうとしたが、その前に素で返事をしてしまった。

「那智さんは、わたしの運命の人なので。他の人じゃ駄目なんです」

さらっと言い放つ。本心なのでなにも迷いはなかったが、仁実は目をぱちくりとさせたあと、眉をひそめて那智を見た。

「さすが久我検事。見事に洗脳してますね」

「人を怪しい宗教家みたいに言わないでくれるか」

仁実は「冗談、冗談」と笑いながら言う。麗はさらに言葉を続けた。

「それに、仁実さんは他の女の子に『乗り換えない？』とか言っちゃ駄目だと思います。奥様がいらっしゃるのに」

「奥様？」

「はい、那智さんに教えていただきました。『料理も整理整頓も一切駄目駄目の駄目だけど、法律家としてのセンスだけはとてもいい優秀なお嫁さんをもらいました』って」

仁実が那智を見る。ちょっと眉をひそめてから、麗に向かって綺麗に微笑んだ。

「ごめんね、言葉が足りない兄で。それ、私の上の兄のことだわ」

「上の兄……那智さんのことじゃ……」

「私と那智のあいだに、もうひとりいるの。個人事務所を持っている弁護士でね、唯一結婚してる」

「三人兄弟……？」

仁実に問いかけてから勢いよく那智を見る。彼はすぐにうなずいてくれたものの、今にも笑いだしそうな顔をしているのが憎らしい。

那智は三人兄弟らしい。最初に言ってよとは思うものの、なんとなく引っかかっていたことが解決したような気がする。

那智は弟の話をするとき、「愛想がない」と言ったり「底抜けに社交性がある」と言ったりしていた。どうも弟という人の性格が摑めないと思っていたら、ひとりではなくふたりいるのだ。

愛想がなくて料理上手で世話好きな、弁護士として個人事務所持ちの妻帯者が次男。底抜けに明るくて社交性がある、家業の弁護士事務所を継ぐことになっているのが三男。理解できた瞬間、力が抜けてガクッと肩が落ちる。そんな麗の頭を仁実がよしよしと撫でた。

「そんなこともちゃんと教えてくれていなかったの？　かわいそうに。混乱しちゃうよね」

すると那智がその手をシッシッと払い、麗の肩を抱き寄せ顔を覗きこむ。

「そんなに落ちこまないでください。話していなかったんだから、知らなくて当然じゃないですか。次男の話を仁実のことだと勘違いしたって、麗に非はありませんよ」

「……違うんです」

「なにが？」

「わたし……本当に那智さんのことちゃんと知れていないんだなって……。なんだか寂しくなって……」

なぜか室内に沈黙が落ちる。パシッとなにをか叩く音がして顔を上げると、仁実が手のひらを振りしながら向かいの席へ戻っていくところだった。

那智は苦笑いをしながら頭をさすっている。

なんだかわからないが、ひとまず仁実の正体がわかって胸がすっきりした気がする。そこで、一番疑問だったことを那智に聞いてみた。

「ところで、どうしてわたしをここに連れてきたかったんですか？」

「それはね、麗を騙した不届きな男を法的に始末するため」

「騙した男って……」

借金を負う原因になった詐欺のことを言っているのだろう。しかし相手は偽名だったし、勤めているという会社も偽物だった。電話だって通じない。

「無理ですよ……名前も会社も偽物だったし……」

「詐欺って、普通そういうもの。これから騙そうって人に本当のことは言わないでしょう？」

仁実がそう言いながらノートパソコンを開く。

「マッチングアプリ？　そのサイトを教えてくれる？　少額詐欺なんでしょう？　そういうチマチマしたことをやるやつって、たいてい繰り返し何回もやってるから、ある意味調べやすい。任せて、すぐとっ捕まえて賠償金と慰謝料をがっつりとってあげる」

綺麗な顔ですごいことを言う人だ。那智を見ると、微笑みながらうなずいてくれる。

彼が任せて大丈夫だというなら、大丈夫だ。そんな安心感が胸に満ちた。

第三章　あなただけに蕩ける、心と身体

法律事務所を出てから、ふたりは食事に行き、それから映画を観に行った。

連れていきたいところがあると言われて仁実が待つ法律事務所へ行ったのだから、目的がすめば帰るのだろうと思っていたので、予想外の展開に麗はあたふたするばかりだ。

それでも、食事をしてからふたりで映画だなんて、本当にデートみたいでドキドキしてしまう。

おまけに那智がチョイスしてくれたのは恋愛映画で、観客もカップルらしきふたり連れが多い。自分たちもそういうふうに見えているのだろうかと思うと、映画に集中するのを忘れるくらい鼓動がうるさかった。

「パンフレット買ってきましたー」

人でにぎわうシネマ館のロビーで、シアターショップの袋を胸に抱いた麗が那智に駆け寄る。彼は上映予定のリーフレットが並ぶ台の前で、それらを眺めていた。

「あれ？　トイレじゃなかったんですか？」

「パンフレット欲しくて。ついでに買ってきました」

「言えば買ってあげたのに」

「そんなそんな。いいんです。記念に欲しかったので、自分で買いたかったし」

「記念?」

「はい、あ……」

理由を口にしようとして、とたんに恥ずかしくなった。しかし那智が聞きたそうに顔を寄せている。

言わないわけにはいかない。麗はぽつりと小さめの声で口にした。

「……初めて、デートした記念に……」

とはいえ、那智はそんなつもりで今日の外出をしたわけではないだろう。彼の性分として、詐欺に遭って黙っているなんて許せなかったに違いない。

まず信頼できる身内に相談させようと仁実に引き合わせたのだ。

勝手な思いこみを口にして気まずくなるのもいやだ。麗はすぐに訂正を入れる。

「……というか、初めて男の人とふたりで映画なんか観た記念というか……。こんなこと初めてなので浮かれちゃって、すみません」

「そうか、それなら私もパンフレットを買ってこようかな」

「え?」

「初めて麗とデートした記念に」

那智に目を惹きつけられたまま、頬がぽうっとあたたかくなる。照れくさくて言葉を出せないでいると、ポンッと頭に彼の手がのった。

気を使って言ってくれたのだろうか。だとしても嬉しい。

「ほら、やっぱり彼女連れだって」

「うそぉ、マジで？」

にぎやかなロビーのどこからか、そんな声が耳に入る。

「でも年が離れてそうでしょ。妹とかじゃない？」

「まあ、彼女に見えないといえば見えないよね」

話している人たちがどこを見ているのか確認もしていないのに、那智と麗のことだと直感でわかる。なぜなら、今日はこれが初めてではないのだ。

食事をしているときも、映画を観る前も、注目されているのを感じていた。主に見られているのは、もちろん那智だ。麗はオマケ的に「一緒にいるの誰？」ポジションである。

（那智さん素敵だから仕方がないんだけど）

とはいえ、なんとなく複雑だ。

「私のパンフを買ってきます。待っていてください」

那智はさっさとグッズスペースへ歩いていく。一直線にカウンターへ行きパンフレットを買い求めている姿を眺め、くすっと小さな笑みが漏れた。

一番に目的を果たそうとするところが、どことなく彼らしいと感じてしまった。麗もパンフレットを買う目的で行ったが、カウンターに飾られていた原作本も買おうかなとか、グッズあるかなとか、キョロキョロしていた。

ずっと那智を眺めていると、戻ってくる彼が麗の視線に気づいてふっと微笑む。そのとき……。

「え？　久我検事？」

何者かが彼の前に回りこみ、その足を止めたのである。

「やっぱり。すぐわかりましたよ。久我検事の周囲だけ空気が違うんですもの」

女性だった。綺麗にうねる長い髪を後ろでひとつにまとめ、カットソーにパンツというシンプルな服装でも際立って見えるのは、スタイルのよさが関係しているのかもしれない。

「休みの日にまで君の顔を見るとは思わなかったよ」

「それはお互い様ですよ」

ふふふと笑う彼女は大人っぽい美人だ。年は二十代後半、多く見ても三十代前半だろうか。落ち着きを感じるせいか由喜美より年上に見えてしまう。

那智のことを「久我検事」と呼んでいるということは、仕事の関係者だろうか。「休みの日にまで」と言っているので、同じ検察庁に勤めているのかもしれない。

（仲よさそう……）

ちくん……と、なにかの痛みが胸を突く。なんだろうこれは。

仁実を見たときにも、似たようなものを感じなかったか……。

「もしかして、先日お教えした映画を観にきた……とかではないですよね」

「なぜだい？　そのとおりなのだが」

「恋愛映画ですよ？」

「うん、なかなか泣かせる内容だった」

「検事がひとりで観るイメージではないです」

「ひとりではないよ」

話しながら歩を進めていた那智が、麗の肩を抱き寄せた。

「彼女と観にきた」

「えっ」

驚いた声を出したのは女性ではなく麗のほうだった。まさか知人に堂々と公言するとは、予想外すぎる。

当の女性はといえば、不可解な顔をしている。

「もしかして、久我検事の帰宅がときどき早い理由の方……ですか？」

「大正解。というわけなので、失礼しますね」

肩を抱かれたまま歩きだす。またどこからか「ほらー、やっぱ彼女だよ」「えー、羨まっ」という声が聞こえ、謎の優越感と羞恥心がせめぎ合う。

「あ、あの、那智さん」

「なに？　歩きにくい？　でも放したくないな。私の腰に手を回してくれたらバランスが取れますよ」

「腰……」

意識的に身体を離してしまうので、確かに歩きづらい。言われたとおり彼の腰に片手を回すと自然と身体が寄り添って歩きやすくなった。

しかし密着しすぎにはならないだろうが、肩と腰に手を回し合うなんて、とても〝恋人っぽい〟体勢ではないか。

「いやですか？　くっつきすぎていて」

「いいえ……。ホッとします。那智さんがそばにいるんだって感じて」

「眠らないでくださいね」

「歩きながら寝ませんよ」

話していると気持ちがほぐれる。ほぐれた勢いで気になることも聞ける。

「さっきの女の人、綺麗な人ですね。お仕事関係の人ですか？」

「私の事務官です。篠山梓さんといいます。今日観た映画を教えてくれたのも彼女なんですよ。仕事ができる優秀な人です」

「事務官……、検事さんと一緒にお仕事をする人ですよね。サポート役というか秘書というか」

「よくご存じで。もしかして調べました？」

「はい、少し。那智さんのお仕事のこと、わたしなにも知らないから……」

最初に那智の職業を聞いたとき、ドラマで観た知識しかなかった。那智のことを知りたくて、検事について少し調べたのである。

「でも、調べれば調べるほど、検事ってすごく大変で特殊で独自性のある職業なんだなって、検察の変遷のあたりでややこしくなっちゃって……」

結局理解しきれてはいない。中途半端だと言われてしまうのではと焦って言い訳に走ると、肩を抱いていた手でポンっと頭を叩かれた。

「麗は凝り性ですね。そんな面倒なところまで調べなくてもいいのに。でも、私の仕事を理解しようとしてくれたのは、とても嬉しいです」

「はい……」

那智にそう言ってもらえると、麗もとても嬉しい。彼が努力を受け入れてくれたという事実が、麗を少し贅沢な気持ちにする。

「事務官の方と、仲がいいんですか？」

「悪くはないと思いますよ。いわば相棒ですから、事務官は検事の影、なんて言われるくらいいろいろとサポートしてくれますからね。感謝しています」

「そうですか……。そうですよね……」

こんな反応は駄目だ。自分でわかっている。けれど、素直に「すごいですね」と笑えなかった。

綺麗な人だった。那智の事務官としていつもそばにいる女性。彼の仕事をサポートして、手足となって動く。もちろん、那智も大きな信頼を置いているのだろう。

……仕事のことだけではなく、おススメの恋愛映画を聞くくらいには仲がいいのだ。

麗を見たときの、彼女の不可解な目を思いだす。なぜ麗が那智のそばにいるのか不思議だと言わんばかりの表情。まるで、そぐわないものを見るような目。

唇をきゅっと内側に巻きこむ。那智のような素敵な男性と仕事をしていて、好意を抱かない女性がいるだろうか。ましてや彼女は那智の事務官だ。いつも一緒にいるのだろう。

胸の奥がもやっとする。こんな感情は抱きたくない。けれど、どうしても考えてしまって勝手に悲しくなっている。

「麗」

呼びかけられて顔を上げる。気がつけば車を停めておいた駐車場に到着していた。

「もう一ヵ所、麗を連れていきたい場所があるんです。ここからすぐなので、パンフを車に置いて、歩いていきましょう」

「どこに行くんですか？」

「それは到着してからのお楽しみです」

麗の手からパンフレットが入った袋を取り、自分のものと一緒に後部座席に置くと、那智は麗の手を取って歩き出した。

「この裏通りです。すぐですよ」

那智のおだやかな声を聞いていると、心の靄が少しずつ晴れていくような気がする。目的の場所に到着したときには気配までもが消えていた。

那智が連れてきてくれたのは、小さな戸建ての食器専門店だ。

「……食器屋さん？」

「いいえ、うつわ屋さんです」

そう言いながら静かにドアを押して中に入る。明るい店内には、通路に置かれたテーブルや壁の展示棚にたくさんの〝うつわ〟が並べられていた。

ひとつひとつ大切に並べられた〝うつわ〟たち。食器と言ってしまえばそれまでなのだが、それでは言い表せないあたたかみを感じる。

「一点一点が作家さんの手作りです。とてもよいものがそろっています。麗が気に入るお茶碗があればと思って」

「お茶碗？」

「はい、ついでにお味噌汁椀とお箸も欲しいので、見ていきましょう」

麗の手を引いて、那智は壁側の棚に近づいていく。一点一点が手作りというだけあって、ふたつと同じものが並んでいない。

「あ……」

早々に目についたものがある。しかし値札が見あたらない。不安で手を伸ばせないでいると、那智に顔を覗きこまれた。

「どれですか？」

「あ……バラの模様の……」

目の前で該当するものはそれしかない。棚から取った那智が麗の手に持たせてくれた。

焼き物独特の風合いのなかに、ぼかしピンクのバラが描かれている。厳格な和を感じさせる場所に添えられた可憐（かれん）な色。惹かれるデザインで、麗はつい見入ってしまう。

「気に入りましたか？」

「はい、上品なのに、すごくかわいくて……、あ……でも、わたしが使うなんてもったいないな……。お値段もわからないし」

「構いません、それにしましょう。私もそれを使いたいです」

「一緒に使うんですか？」

　すると、那智は棚からもうひとつのお茶碗を手に取った。こちらにはぼかしブルーのバラが描かれている、ピンクより心もち大きめの茶碗だ。

「これ、おそろいの茶碗ですよ。夫婦茶碗というやつでしょう。セット売りみたいなので、値段は気にしないように。必要な買い物です」

「すみませんっ。セットじゃないのを選びますから」

「気に入ったならこれにしましょう。いつまでも麗にスペアのお茶碗を使わせるわけにはいかない」

　慌てていた気持ちが、スッと収まる。食事をするとき、麗は食器棚の奥から見つけたもらい物のお茶碗などを使っていた。

　特に不満はなかったのだが、誰が使ってもいいものであることを那智は気にしたらしい。それだから、麗をここに連れてきたのだろう。

（嬉しい……）

　胸があたたかくなる。おそろいの夫婦茶碗だなんて、食事の時間が楽しみすぎる。

「どうせだから味噌汁椀や箸もおそろいにしてしまいましょう。あっ、箸は名前を入れてもらえるみたいですよ。いいですね、入れてもらいましょうか。そうなるとどんぶりなんかも欲しくなりますね」

　先ほど那智は麗のことを「凝り性」と言ったが、那智もたいがいである。

ふたりでいろいろと選び、箸には名前を入れてもらった。包装の際は箱に並べて入れてくれたのだが、名前が並んでいると特別な気分になる。

「こういう買い物も、楽しいものですね」

那智は楽しそうだ。けれど麗はもっと楽しかったし、――胸のもやもやを忘れてしまうほど、嬉しかった。

――その夜。

おそろいの食器を使った夕食は、涙が出るほど美味しく感じた。

それなので、ベッドに入るころにはすでに夢心地だったのだ。

「那智さん、今日はありがとうございました」

ベッドで身体を起こして本を読んでいると、那智がやってくる。すぐに本を置いて、ベッドに入る彼に向き直った。

「一日、すごく楽しかったです。それと詐欺のことも、すっかり諦めていたのに、ああやって相談して話をしていると『絶対謝らせてやる』なんて気持ちになってしまって」

「当然です。悪いことをしたやつは懲らしめないと」

笑って麗の頭をポンポンと叩く。麗が起き上がったままだからか、那智も上半身を起こした状態で話を続けた。

「いやなことはいやだと言っていいんです。間違っていることを間違っていると言わずに呑みこんでしまったら、その間違いはずっと麗のなかで後悔になって漂い続ける。抑えつけられたものが、あとになってから『ああすればよかった』『こうすればよかった』と責めはじめる」

「そうですね……。いやだ、って……言えなかったから……」

幼いころ、その言葉は自分にとって禁句になった。少なくとも両親の前では絶対に言えない言葉だったから。

思いだしそうになり気持ちが下がるにつれて、自然と顔も下がっていく。その顎に那智の手が添えられた。

「麗が言えないときは、私が言います」

彼の手に導かれ、顔が上がる。

「私が『いやだ』と言います。『間違っているよね？』と麗に確認をします。同じ思いを持つ者がいると思えば心強いでしょう。私が、麗の気持ちの突破口になりますよ」

「那智さん……」

――味方がいる。

とんでもなく心強い気持ちだった。

自分をわかってくれる人がそばにいると思えるのは、それだけで自分が強くなった気持ちになれる。

そのせいだろうか。胸のなかに留めておこうとした靄が、押し出されてきた。

「今日、楽しかったけど、いやだって思ったことがふたつあって……」

「なんです？　言っていいですよ」

「……仁実さんと……、那智さんの事務官さんに会ったとき……」

顎に添えられていた手にさらに押し上げられ、顔が上がって那智と目が合う。彼は、おだやかだが頼りがいのある眼差しで麗を見つめていた。

「おふたりがいやだったわけじゃないんです……。おふたりに、やきもちを焼いた自分がいやだったんです……」

那智は麗を否定しない。途中で言葉を遮って自分の決まりに従わせようとはしない。そう思えたから、心のままに言葉が出た。

「仁実さんは弟さんで、事務官さんは那智さんが信頼している人だってあとになってわかりましたけど、それまでの数分間、胸がもやもやして不安と苛立ちでいっぱいで……。最初はそれがなにかわからなかったんですけど、たぶん……あれはやきもちなんだと思うんです……。やきもちなんて焼いたことがないので、すぐにはわからなかった。すごくいやな気持になるものだなって思いました。こんなふうになっちゃう自分がいやで……」

顎から手が離れ、すぐに抱きしめられた。彼の腕のなかに入る感触に、ふわっと全身が弛緩する。

「やきもち、焼いてくれたんですか？」

「はい……ごめんなさい……」

「謝る必要はないです。いやだった気持ちを素直に教えてくれた。麗はいい子ですね。今、すごく、抱きしめてキスしたいです」

この言葉を聞くのは久しぶりな気がする。とっさに唇の表面が疼き、言葉を返していた。

「いいですよ……」

――キスしてほしい。

そんな感情が湧き上がって恥ずかしくなるけれど、本心なので撤回はしない。

「最近……してもらってないので……」

言い終わるか終わらないかのうちに唇が重なった。久しぶりに感じる唇の感触に昂ぶり、彼の背中に両腕を回す。深く咥えこまれ吸いつかれて、うなじのあたりからゾクゾクッとする。

「してほしかったのか？　キス」

声のトーンが少し違う。ワイルドな彼が出てきていると思うと、腰の奥にキュッと絞られるような感覚が走った。

麗はまぶたを閉じたまま小さくうなずく。ほんの少し唇を離して囁かれると、唇の表面に那智の吐息があたってくすぐったい。しかしすぐに重なり合い、くすぐったさより心地よさが広がっていく。

「ん、ふぅ……」

呼吸と一緒に鼻が切なげに鳴る。ちょっと恥ずかしさを感じたが、ゆったりとしたうめき声が漏れてしまうくらい心地よいのだから仕方がないと、自分で納得をした。

抱き合ったまま身体がゆったりと倒れ、気がつけば重なり合って口づけを交わしていた。ついては離れ、離れてはついて、ちゅっちゅっとリップ音が大きく耳に響く。

いつもよりお互いの吐息が荒い。両手が那智の背中をさまよい、彼の素肌に触れたくてたまらなくなる。少しずつパジャマを引っ張り上げ背中に触れようとしている自分を感じた。

麗自身もそうだが、那智の体温もいつもより高い気がする。パジャマ越しに感じる熱で肌が火照ってくるのがわかる。

(気持ちいい……)

全身に満ちるあたたかさ。意識まで蕩けてしまいそう。

「なち……さん、ハァ……ぁ」

「そんな顔するな……我慢させない気か」

囁き合う言葉の意味も理解しないまま、口づけに陶酔する。なぜ彼に触れるとこんなにも心地よくなるのだろう。

（ああ、そうだ……わたし……）

「やっぱり……なちさんといると……安心、する……」

彼にだけもらえる安心感。それが日に日に大きくなっている。――もう、離れられないくらいに。

麗が那智の肌に触れたいと思ったように、那智もそう思っていたのかもしれない。パジャマの裾から彼の手が忍んできていた。

が、その手はそれ以上進むことなく、唇も離れてしまったのだ。

「……やはり……麗が私に救済だけを求めているうちは……、駄目だ」

つらそうな声だったかもしれない。はっきりとわからないのは、彼にもらった熱で意識がとろんとしているからだろう。

那智が横向きになって麗を軽く抱きしめる。いつものようにポンポンっと頭を優しく叩き「おやすみ」と囁いた。

「なち、さん……」

安心感がぐるっと全身に回る。彼がそばにいてくれることが、こんなにも愛しい。

（愛しい……？）

――この感情を、口にできたら……。

「なち……さ……」

――言葉で言えたら……。

それは、どんな言葉だったろう……。考えはまとまらない。やわらかな真綿のなかに沈みこみ、取り出せないまま……。

麗は、眠りに落ちた――。

****

――不本意だが、かわいい。

麗に対してそんな感情を持ってしまったのは、再会したときだった。

まさかそんな感情を持つなんて想定外すぎて、自分自身で驚いたのだ。

深く静かに息を吐き、那智は腕のなかで眠る麗の頭を撫でる。安らかな寝息をたてる彼女の寝顔を見つめ、軽い自己嫌悪に陥った。

(危なかった……。理性がぶっ飛ぶところだった……)

――やきもちを焼いた自分がいやだったんです……。

さらっと使った「やきもち」という言葉。なぜ自分がそんな感情を抱いたのか、麗は理解しているだろうか。

罪のない寝顔を見つめたまま、那智はふっと苦笑いを漏らす。

理解はできていないだろう。できていたら、あんな無防備に男の前で使える言葉ではない。

理性が飛びそうになったのはこれが初めてではないが、何度かあったなかで、今夜のは一番危なかった。

彼女のパジャマの裾から、やわらかな素肌を求めて忍んでいこうとした手。ほんの少し、指先がそれに触れて……。那智のなかで、危険信号が点る。

これ以上は駄目だ。これ以上触れたら……。

無理にでも、麗を抱いてしまう……。

「くそっ……」

おおよそ彼らしくない悪態が口をついて出る。しかし〝おあずけ〟を食ってばかりなのだ。文句のひとつも言いたくなる。

こんなに苦しい思いをして我慢を強いられるくらいなら、いっそ抱いてしまえばいい。麗も那智になら、いやだと言わないだろう。

処女だろうと見当はついているが、なんといっても〝運命の人〟だ。おまけに逆プロポーズまでされている。

（そんなことできるわけがないだろう）

劣情の強烈な誘惑を、那智はいとも簡単にねじ伏せる。苦しい我慢をも堪えさせているのは、麗が見せる那智への信頼だ。

不眠症だった彼女を唯一眠らせてあげられた那智に、麗は今まで感じたことのない安心感をもらったと言っている。だから、那智に寄り添うと眠れるのだ、と。

麗が那智に求めているのは安心感、安らぎと救済だ。

仕事量は多いがブラックとまではいかず、だがホワイトでもなく、人間関係や社内の雰囲気も悪くはないので辞める踏ん切りがつかない。麗が勤めている会社は、いわゆるグレー企業そのものだ。

そんな会社で、気づかないうちに蓄積されていく不満やストレス。

そして、二十五歳になっても続く両親の支配。

幼少期から親から受けた仕打ちのせいで従属癖がつき、行動の選択を狭くしている。

那智と一緒にいると守られている安心感から勇気が出るのだろう。今まで自分を縛ってきたものに立ち向かっていこうとする気合が見える。

彼女は、変わりたいと願い、自分を変えようとしている。那智がそばにいるから大丈夫だと。

今の麗にとって、那智は救済者でしかない。

やきもちを焼くほど心のなかに入れてくれているのは嬉しいが、両親の支配から逃れられるほど絶対的な存在になれているかは不明だ。彼女が克服しようとしている従属癖が顔を出したときに、それに打ち勝つことができるかは麗にしかわからない。

まだ那智が救済者でしかなく、かつ麗の心が従属癖に打ち勝つ準備ができていないとしたら。その段階で麗を抱いたなら、両親が許可していない相手を受け入れたことで自分を責め、麗の心が壊れてしまう恐れがある。

それは避けたい。

一番いいのは、この先一生、親とは接触させないことなのだが、それにも麗の強い意志が必要だ。

もうひとつ、秘かに那智を悩ませる大きな問題といえば、麗が那智にくっついていると安心して眠ってしまうこの現状。

いいことではあるのだが、くっついていると眠るなら、いざそのときがきて彼女と肌を合わせたとき、麗は安心して眠ってしまうのではないだろうか。

（その気になっているときに寝られるのは……勘弁してほしい……）

すでに数回、そんな目に遭っている。いつでも彼女は無自覚だ。

「女の子を〝かわいい〟と思うなんて……自分でも驚きですよ……」

麗に聞かせるでもなく口にして、彼女の髪を撫でる。寝入ったのを確認していつものようにそっと身体から離れようとしたが、……思い直して抱擁を続けた。

（かわいいな……本当にかわいい）

できればこのまま朝まで抱きしめていたいのが本音だ。しかしそうすると、我慢のしすぎで那智の理性が灰になってしまう。ゆえに「あと五分、あと五分」と自分に言い聞かせた。

秀逸な容姿を持つ彼ではあるが、女性に対して「かわいい」という念を抱いたことがない。だからといって女嫌いなわけではない。

三週間前、麗が那智に寄りかかって眠ってしまったとき、そのまま置いて電車を降りてしまってもよかったのだ。彼女には身の危険があったら大変だからとは説明したが、本当は、

――放っておけなかったのだ。

寄りかかって眠っている麗が、安堵した表情で泣いていたから……。

おまけに那智のスーツの裾を強く摑んでいた。置いていかないでと言われているようで、放置することはできなかった。

なにか重いものを背負っているのではないか、まさかとは思うが自殺志願者なのでは。そんな憶測も手伝って、彼女が目覚めるまで待ち、間違いなく帰るようタクシーを呼んだ。

が、いきなり逆プロポーズを受け、過去から現在に至るまで容姿や家柄や職業だけを見て言い寄ってきた女性たちと彼女が重なってしまった。

とっさに防衛本能が動きタクシーに放りこんでしまったが、後悔したのは嘘ではない。

空いた車両でわざわざ那智の横に座ったのも、安堵して泣いていたのも、スーツを摑んで離さなかったのも、逆プロポーズしてきたのも、きっと、やむにやまれぬ事情があったのではないか。

気になって気になって仕方がなかった。しかし名前もなにもわからないのだから探しようはない。

アルコールを飲んでいる様子ではなかったから仕事の帰りだろうと考えられる。しかしそうとは限らない。知人と会った帰りだった可能性もある。

乗ってきた駅と降りた駅しか手がかりはないのだ。気にするのはやめようと思いつつ、帰宅時に電車に乗れば彼女が乗ってきた駅で乗客を観察してしまう。

彼女に会ったのは終電だ。それなら、彼女が乗ってきた駅の終電時間に待っていれば会えるのではないか。

それで駄目だったら、本当に気にするのはやめよう。

そんな決心で終電のホームに向かった日。――彼女に会った。

那智を見つけてしがみつき、失神した彼女。この子は、放っておいてはいけないのだと感じた。

それでも、不眠症だと聞いて考えを整理させることは大事だと感じ、少し眠らせてあげられる場所へと移動。那智の腕のなかで蕩けそうになりながら弛緩する彼女を見て、胸の奥でなにかが騒ぎだす。

彼女の境遇はつらいものだった。那智にしがみついて泣いた理由も、思わず逆プロポーズをしてしまった理由も、かわいそうなくらいわかる。

それだけなら、同情だけで終わったかもしれない。

『久我さんは……確かに見た目がすごく素敵ですけど、わたしは久我さんのそばにいると安心感があって落ち着けるのが嬉しいんです。顔は……あまり関係ないです。にじみ出るオーラに惹かれたっていうか……、ごめんなさい、なんて言ったらいいか……』

那智を「運命の人」と呼び、その想いを口にした麗。そのとき、那智の感情に変化が起こった。

――――不本意だが、かわいい……。

その感情は、那智の言動を破壊する。

『今、ものすごく抱きしめてキスしたい気分なんだけど。どうしたらいい？』

『ふえっ⁉』

麗はなんともいえない声を出していたが、言った那智自身も驚いた。間違っても、こんなセリフを女性に言うタイプではない。

しかし、那智の容姿ありきでシナを作る女性が多いなかで、麗の言葉と気持ちは那智のなにかを破壊するに十分だったのだ。

そして、麗の破壊言動はこれで終わらなかった。

『お仕事のお話になると、張りきっている気がして。それに、終電時間に会っても身だしなみがとってもきちんとしているじゃないですか。検事としての自分に誇りを持っているからですよね。聞けばとても厳粛なお仕事だし。検事としての自分を崩したくないからきちっとしてるんだなってわかります』

検事としての那智を嬉しいくらいに理解して。

『わたしは久我さんに安心感をもらったんです。久我さんにだから運命を感じた。久我さんみたいに素敵な人が、運命の人でよかった。すごく嬉しい。わたし、もっともっと久我さんのこと知りたいです』

『久我さんがこうして、ギュッとしてくれているんだって思うと……ドキドキして……。すみません、わたしを眠らせるためにやってくれているのに、なんか、おかしな気分になっちゃって……』

いずれのセリフも那智の感情を大いに煽り「不本意だが、かわいい！」と思わせた挙句……。

『今すごく、抱きしめてキスしたい』

本音ダダ洩れするほどの感情を抱かせ、那智の言動を大いに狂わせる。いや、麗にだけこの感情が発動するのなら、もはや破壊行動ではなく正常な反応だ。

そして極めつきが、今日の彼女。〝初めてのデート〟を意識して、那智に見せてくれた表情や行動のかわいらしさといったら。

この年になって、ひとりの女性にこんなにも感情が揺さぶられるなんて……。

「麗……」

麗の髪を撫で、安らかな寝顔を見つめる。

「もう、不本意なんかじゃなく、君がかわいくて仕方がない……」

ごまかす必要もうろたえる必要もない。

運命の人として、那智の心は決まっていた。

＊＊＊＊＊

翌日、那智はいつもより早く家を出た。登庁前に寄るところがあるらしい。

麗はいつもどおりなので、ゆっくりと朝食を食べる。ここのところずっと那智と一緒に朝食を食べているので、ひとりだとなんとなく寂しかった。

後片づけをしてから出勤準備をして、部屋を出る。マンションのエントランスから外へ出ると、針葉樹が列植された長いアプローチ。今日は天気がよく、春の陽射しが降り注いで気持ちがいい。

鼻歌でも歌いたくなるのは、昨日のデートが楽しかったから。

それと、久しぶりに重なった唇がとても情熱的な熱をくれた気がして、思いだしただけでドキドキする。

キスで気持ちがほぐれて、彼に伝えたい想いが胸のなかで疼いた。言葉にして伝えたい。でもどんな言葉にすればいいのかが思いつかなくて……。

そのまま、眠りに落ちてしまったのだ。

キスをやめる寸前、那智がなにか言ったような気がするが、なんだったろう。

（それにしても那智さん、紳士なときもワイルドなときもどっちもカッコいいな）

昨夜のキスのせいか、そんなことを思ってしまう。あのとき、このまま先へ進んでもいいと感じたのは間違いない……。

ちょっと恥ずかしい考えを振り払うように、両手で軽く頬を叩く。ゆるやかなカーブに差しかかると、その先に女性が立っているのを見つけた。

（あれ？　あの人）

まだ記憶に新しい。綺麗にうねる長い髪を頭のうしろでひとつにまとめた、大人っぽい美人。昨日はラフなスタイルだったが、今は洗練されたパンツスーツ姿だった。

彼女は、那智の事務官だ。篠山梓という名前だった。

向こうも麗に気づいたのだろう。硬い面持ちで近づいてきた。

「おはようございます。私を覚えていますか？」

「あ、はい、昨日お会いしましたよね、映画館で。……おはようございます」

話しかたに圧のある人だ。とっさに答えてしまったので挨拶があとになってしまった。

「私は篠山といいます。検察庁で久我検事の事務官を務めさせていただいております」

「はい、那智さんに伺いました。とても優秀な方だと褒めていましたよ」

上司の褒め言葉を人づてに聞いても、彼女はにこりともしない。それどころか麗の顔をじっと凝視している。

なぜこんなに見られているのかと思うのと同時に、なぜ彼女がここにいるのだろうとも思った。那智に用なのか。彼が今朝は早く出ることを知らなかったのなら、那智の用事は仕事がらみではないのだろうか。

「あなた、なんのつもりで久我検事と一緒にいるの？」

「なんの……つもり、とは……」

「あの人、あっちこっちで女性にもてるけど、ちゃんと距離をとる人だし安心していたのに、なぜ同棲なんかしているの？　あなた、なにをしたの？」

「なにをと言われましても……」

説明をすれば長くなってしまう。なんといっても麗の事情から話していかないと伝わらないだろう。

「まさか、無理やり既成事実なんかを作ったわけじゃないでしょうね。あの人お酒には強いけど、もしそうなら、あなた、それ犯罪よ？」

「そんなことは……！」

「とにかく、迷惑なの。久我検事につきまとわないで。あなたに対してなんの負い目があるのか知らないけど、彼らしくない行動ばっかりで目に余るのよ。なにがしたいの？　久我検事を潰す気？」

言葉が出なかった。彼女は麗に対して憤っている。それもおそらく、麗が那智にしつこくつきまとって一緒に暮らすに至っていると思われている。

「顔がいいからとかエリートだからとか、そういうくだらない理由で男を選ぶものじゃない。自分がよかったら相手の事情はどうでもいいの？　少しは考えなさい。とにかく、久我検事の邪魔になるようなことはしないで」

言いたいことを言い終えたのだろう。彼女は踵を返しアプローチを颯爽と歩いて行った。颯爽と、という言葉はこういうときに使うのだと見本を見せられたように、立ち去る姿に勢いがある。その姿は、己の自信の表れのようにも見えた。

彼女の姿が見えなくなっても、麗は動けない。頭のなかでは、梓に言われた言葉が繰り返し響いている。

――――とにかく、迷惑なの。久我検事につきまとわないで。あなたに対してなんの負い目があるのか知らないけど、彼らしくない行動ばっかりで目に余るのよ。なにがしたいの？　久我検事を潰す気？

激しく誤解をされていると、今になって気づく。梓は麗が那智の容姿や将来性に目をつけて近づいたと思っているようだ。

言われたときには言い返せなかったのに、「彼らしくない行動ってなんですか」と聞けばよかったとか「負い目なんてありません。久我さんは優しいから、わたしの力になってくれているだけです」と言えばよかったとか、「つきまとってなんかいません。わたしがそばにいてなにか不都合があるなら教えてください」と逆に聞いてやればよかった、とか……いろいろ出てくる。

「これだから……駄目なんだ。……わたし」

言い返したい言葉がすぐに出てこない。言い返して、それに反応されるのが怖いからだと自分でわかっている。

それなら反論しないほうがいいと、本能で黙ってしまう。反抗したと思われたらなにをされるかわからないから……。

こんな自分を変えたい。那智のそばにいれば変われると思っていたのに。

「……まだ、駄目なのかな」

軽い失望感が胸に満ちる。とぼとぼと歩き出し、朝からこれではいけないと前向きになろうと深呼吸をするものの……。

気持ちよく感じていたはずの春の陽射しは、目を眇めるだけの不快な光に変わってしまっていた。

朝のちょっとした出来事で一日の気分を左右されるなんて、あってはいけない。

いやなことがあっても、それを表に出さないで仕事にいそしむのが社会人というものだ。

……という理屈はわかるが、そうはいかないほうが多い。

少なくとも麗は一日中気にしてしまうほうだ。

お昼になっても食事をとる気分になれなかった。

那智のもとで不眠症改善をする前までは、お昼はバランス栄養食のブロックバーやゼリーですませることが多かった。しかし最近は出社前にコンビニでサンドイッチを買ったり、自分で作ったおにぎりを持参したりしていたのだ。

今日はコンビニに寄ることさえも忘れていた。デスクの引き出しにはブロックバーが入っているのでお昼がわりにはできるものの、食べる気が起こらない。

オフィスにひとりぽつんと残り、食べるでもなく仕事をするでもなく時間を潰していると、カチャッとドアノブが動く音がした。

「うーらーらちゃんっ」

おどけたトーンの小声を出し、入ってきたのは冴子だ。彼女はお弁当組で、お昼は休憩室で食べている。オフィスを出てからまだ十五分程度。食べ終わって戻ってくるには早い。

「やっぱりー。なにも食べないでボーっとしちゃって。そうだと思ったんだ、はい、差し入れだよ」

冴子が麗の膝にポンッと置いたのは、近くの惣菜屋の袋だった。小さなビニール袋に、フードパックに入ったおにぎりがふたつ見える。

「食べて元気出しなね？　どうしたの、彼氏と喧嘩でもしたの？」

「……えっ、か、かれし……ってっ」

ワンテンポ遅れて動揺が走る。冴子がなぜおにぎりを差し入れてくれたのか、それを考えようとした矢先のセリフだったのでなにを言われたのか一瞬わからなかった。

冴子にはもちろん、那智と住んでいることは誰にも言っていない。そもそも、彼氏がいるなんて言ったことはない。

あたふたする麗を見て、冴子は困ったように笑った。

「そんなに慌てないでよ。もしかして彼氏ができたのかな～って思って言ったんだけど、図星ですって言ってるようなものじゃない」

カマをかけられたようだ。彼氏と言われて那智以外の顔が浮かんでこないのは仕方がないが、改めて人から言われると照れくさい。

「だって麗ちゃん、すっごく変わったでしょ。一ヶ月前から見たら顔色も肌艶もいいし、元気だし、言いたいこと言うし、服装もお洒落になったし、メイクもちゃんとしてるし。あっ、これは男だな、ってすぐわかったよ」

由喜美にも似たようなことを言われたことがあった。やはり普通の女性はその程度のことで見当がついてしまうものなのだ。

「それなのにさ、今日は朝から落ちこんじゃって元気がないんだもの。彼氏と喧嘩したとしか思えない」

「喧嘩……ではないんです。喧嘩はしたことがないから……」

これでは彼氏が「いる」と認めたようなものだ。しかし那智と喧嘩したことにされるのはいやだ。たとえ意見の喰い違いがあったって、彼とは喧嘩にならない気がする。

「喧嘩じゃないならよかった。でも、それならなんでそんなに元気がないの？　ほんと、少し前の麗ちゃんみたいだよ。どよ〜んとしちゃって」

那智と出会う前の自分はそんなにひどかったのだろうか。考えるまでもなく、すぐに「ひどかった」と答えが出た。

「すみません。わたしが気にしすぎなんだと思います。気にしていただいて、ありがとうございます」

「……麗ちゃんがそう言うなら、いいんだけど。本当に大丈夫？　なんかあるなら、相談してよ。ね？」

「はい、すみません」

心配をかけてしまって申し訳ない気持ちと同時に、なんとなくくすぐったい。異性関係で心配してもらうなんて初めてだ。

麗は弱々しいながらも笑顔を繕う。ひとまず安心したのか、冴子も仕方がないなと言いたげに笑い、肩を上下させながら息を吐いた。

「でも、麗ちゃんが彼氏のことで悩むなんて、なんか感慨深いな。なんでも相談にのるから、不安なこととかあったら言ってね」

「はい、ありがとうございます、冴子さ……」

「えー、なになに、麗ちゃん、彼氏となんかあったの⁉」

いきなり現れて割りこんできたのは由喜美だった。オフィスのドアが開きっぱなしだったので気がつかなかったが、いつの間にか戻ってきていたらしい。

冴子が眉を寄せて文句を言う。

「ちょっと、由喜美ちゃん、いきなり出てこないでよ。びっくりした」

「いきなりじゃないけど。だって、ドア開いてたし。麗ちゃんが彼氏のことで悩むなんて感慨深い、とか言ってるから、つい喰いついちゃっただけだし」

「休憩室にいたんじゃないの？」

「冴ちゃんが戻ってこないから心配で見にきたんじゃない。買ったおにぎり持ってどっか行っちゃうんだもん。お茶冷めるよ。……もう冷めてるか」

「あ、ごめん」

「お昼休みはすぐ終わっちゃうんだから、ほら、行こう」

由喜美は冴子の腕を摑むと、ぐいぐい引っ張っていく。

「ちょっと引っ張んないで……、じゃあ、麗ちゃん、ちゃんと食べるんだよ」

文句を言いつつ、冴子は由喜美に引っ張られて行ってしまった。

少しだけでも話を聞かれていたのなら「彼氏⁉　どんな人⁉」としつこく聞かれるかと思った。それがなかったということは、由喜美にとって、麗の彼氏に関する悩みよりお昼休みのほうが大切らしい。

根掘り葉掘り聞かれなくてよかったと思うべきか。

膝にのったおにぎり入りの袋を見つめ、じわっと嬉しさが沁みる。

(優しいな……冴子さん)

悩んでいた原因を話してもよかったかなと、少し思う。冴子ならシッカリと聞いてくれそうな気がする。

かすかに不安なのは、由喜美に聞かれたことだ。彼女は麗に彼氏がいて、なにかあった、と解釈しているだろう。それが由喜美から波多に伝わりはしないだろうか。

果ては、波多から父親に……。

いらない思考を振り払おうと、麗はぶんぶんと頭を左右に振る。おにぎりの袋をデスクに置いて、お茶を淹れるべく立ち上がった。

——しかし夕方、避けられない事態が起こったのである。

いきなり母の峯子から電話がかかってきたのだ。

『すぐ来て、今すぐママのところに来て！　麗ちゃんが来なかったら、ママ死ぬから！』

半狂乱の様子に背筋が凍る。仕事が残っているとか、新しい伝票に手をつけたばかりだとか、そんな心配は浮かんでもこない。ただただ、母が「来て」と言っているのだから行かなくちゃならない、と頭に浮かんだ。

電話のあとで、速攻で早退を決めて会社を出た。実家に向かう電車のなかで那智に連絡をしようと考えたが、決心がつかない。

今朝、梓に言われた言葉が頭にこびりついている。

——久我の邪魔になるようなことはしないで。

まだ夕方だ。那智は仕事中だろう。大切な仕事をしている最中かもしれない。そんなときに電話なんて……。

そう思うとメッセージを入れることさえためらわれる。メッセージを入れようとして、やっぱりやめる、を数回繰り返しているうちに降りる駅に到着してしまった。

実家に近づくにつれ、足が重くなる。しかし母の声が頭の中をぐるぐる回り、「行かなきゃ」という義務感だけで足を動かした。

住宅街に建つ、比較的敷地が広い一戸建て。峯子自慢の庭に脇目も振らず、麗はチャイムを押してからドアを開けた。

「ママ！　来たよ、大丈夫⁉」

実際、なぜ呼ばれたのかなんてわからない。会社には「母が怪我をした」とは言ったが、ただの気まぐれで呼び寄せた可能性が高いのだ。

それでも、〝麗ちゃんがママの心配をして駆けつけてくれた〟という体を作らなくては、峯子は納得しない。納得しなければ本当に半狂乱になる。

母が半狂乱になれば……次は父が……。

「おかえりなさい、麗ちゃん」

玄関に飛びこんだところで麗の足は止まる。峯子がニコニコしながら廊下で待っていたのだ。

「今夜はね、麗ちゃんが好きなハンバーグにするわね。エビフライもつけましょうか。ポテトもいる？　もう、ほんと、いくつになってもお子様ランチみたいなメニューが好きなんだから」

「ママ……あの……」

「酢の物も作るわね。残しちゃ駄目よ。……こっそり捨ててもわかるのよ」

ドキリとした。峯子の声のトーンが落ちたからだ。動揺を悟られないよう、麗は靴を脱いで廊下に上がり峯子に近づく。

「なにかあったの？　ママの様子がおかしかったから心配で、わたし、急いできたんだよ」

「まあ、ママの麗ちゃんはなんて優しいのかしら。……ねえ、パパ」

呼びかける口調に再度心臓が跳ね上がる。リビングから父の勝彦が姿を現した。なぜこの時間に家にいるのだろう。スーツ姿なのでもしかしたらなにかあって早めに帰ってきたのだろうか。

大柄ではないが背が高く、よく顎を上げて細いメガネの下から人を見る。仕事相手にもそれをやるのかはわからないが、麗は幼いころからその顔が怖かった。

今、まさにその視線を麗に向けている。いやな予感しかしなくて、恐怖を紛らわせようと口を開いた。

「お父さん、お仕事、早く終わったの？　お疲れ様……」

言葉は続かない。ずかずかと近寄ってきた勝彦が、いきなり麗のショルダーバッグを奪い取り中身を廊下にばらまいたのである。

たいしてたくさん物を入れているわけではないが、財布やキーケース、ポーチなどが散らばった。

「携帯は？」

勝彦が手を出す。反射的にポケットからスマホを出して渡していた。

渡してしまってからハッとする。スマホはロックをかけていない。もしアドレスや履歴を見られたら、那智の存在を知られてしまう。

だが、見られるかもしれないという心配は杞憂だった。受け取ってすぐ、勝彦は麗のスマホを廊下に叩きつけて踏みつけたのだ。

「知らない鍵！」

　息を呑んだ次の瞬間、峯子の金切り声が響く。峯子は床に散らばったキーケースを開き、目を三角にして麗を睨みつけたかと思うとそれを投げつけてきた。

「知らない鍵がついてる！　あんたのアパートの鍵じゃない！　どこの鍵なの⁉　いったいなにをしてるの⁉」

　那智のマンションの鍵だ。友だちから預かっているとでも言って頼りなくても言い訳をすることもできたのに、肝心の口が動いてくれない。

「麗ちゃん‼」

「ごめんなさい、ママ！　許して！」

　脊髄反射(せきずいはんしゃ)で出てしまった言葉に、失望感が湧き上がる。

（わたし……やっぱり駄目だ……）

　なにも変わっていない。なにも変われてはいない。那智のそばにいて、安心感をもらって自分が変われている気がしていたのに。

こうして両親の前に出ると、とたんに昔の自分に戻ってしまう。

勝彦が麗の肩口に手を伸ばし、無造作に服を鷲掴みにして引っ張る。そのまま歩きだしたので麗も転びそうになりながらついていくしかなかった。

「麗、おまえ、どこにいるんだ？　アパートに帰ってないだろう」

血の気が引いた。足が動かなくなるが、構わず引っ張られるせいでブラウスの襟元が首に喰いこんでくる。ボタンが引きちぎれる気配がした。引きずられながら移動していく。

「お父さ……苦し……」

それでも掠れた声を絞り出し、首を絞めつける襟元に指を入れる。叩きつけるように勝彦の手が離され、麗は連れてこられた和室の畳に強く身体を打ちつけた。

一瞬頭の奥に刺激が走り耳が痛くなるが、それに耐える間も与えられなかった。勝彦が背中に馬乗りになり、麗の服をハサミで切りだしたのだ。

「おとうさ……！」

「麗ちゃんが悪いんだから！　パパに口ごたえするんじゃありません！」

金切り声をあげながら前に回りこんだ峯子が、麗の両手に手枷をはめる。そこに繋がった鎖を重い座卓の脚にぐるぐると巻きつけた。

「ママとパパが用意してあげたアパートにも帰らないで！　ママのお料理も捨てて！　こそこそと物を持ち出したり郵便物を持っていったり！」

帰っていないのがバレないよう、上手くやっていたつもりだった。こまめに戻っては冷蔵庫のものを入れ替え、郵便物を引き取り、生活感を出していた。

峯子が過剰に置いていく料理は会社で食べたりもしていたのだが、それでなくなる量でもない。仕方なく傷んでしまったものは捨てるしかなかった。

なぜ、捨てたことまでわかっているのだろう。まさかゴミ箱までくまなく調べていたとでもいうのだろうか。

——調べていてもおかしくはない。子どものすべてを支配していないと気がすまない人たちだ。

「でも、もうそんな煩わしいことしなくていいのよ。あそこにはもう帰らなくていいから」

「アパートは解約する。今、業者が入っておまえの部屋の荷物をまとめているところだ」

「えっ！」

峯子の言葉を引き継いだ勝彦の話は寝耳に水だ。借りてもらっていたとはいえ、麗が知らないうちに解約の手続きをとられ、業者が勝手に引っ越しの準備を進めているという。

勝彦が背中から下りる。身体を起こしたいが起こせない。着ていた服をあらかた切られてしまった。下着も切られた気配を感じるので、このまま起き上がれば全裸になってしまう。

おまけに手枷の鎖が巻かれているのは座卓の脚。低すぎて身体が起こしづらい。

裸にされて、鎖に繋がれて。こんな扱いは子どものころによくされた。両親が気に入る行動がとれなかったとき、その場から動けない状態にされるのだ。

つらくて怖くて悲しくて……。

そのうち、絶対に逆らわない麗ができあがった……。

「男のところに転がりこんでるのか？　この年代の娘は、ちょっと目を離すと盛りがついた猫みたいになる。男のことばかり考えて仕事に身が入っていなかったそうだな。喧嘩をしたわけではないと言っていたらしいが、男に気分を左右されるなんて、まったく、そんな馬鹿な女にならないように厳しくしてきたのに。躾け直さなくちゃならないな」

なぜ仕事中のことを知っているのだろう。考えるが、すぐに思いついた。

元気がないが喧嘩をしたわけではないという話をしていたあとで、由喜美が入ってきた。聞いた話を面白がって波多に言ったのだとすれば、そこから勝彦に伝わったのではないか。

ゴミまで細かく調べて麗を監視していたのなら、会社での行動を報告させていないわけがない。波多常務は父の後輩だ。そのくらいするだろう。早く帰るのはデートがあるのかという話をしていたとき、おかしな雰囲気だった。

あのあたりから、もう両親は連れ戻す準備をしていたのではないのか。

（連れ戻される……。ここに……）

昔のように、なにも言えず、なにもかも縛りつけられた生活がまた……。

ガクガクと肩が震えだす。すると、峯子が膝をついてその肩に手を置いた。

「大丈夫よ、麗ちゃん。ちゃぁんとパパに謝れば許してくれるわ。麗ちゃんが悪いことをしたのはわかっているでしょう？　ちゃんと謝ろうね？」

「ひっ！」

息を呑むような悲鳴が出た。肩に置かれた峯子の指先が喰いこみ、ネイルで飾られた爪が皮膚に埋まったのだ。

「今夜は久しぶりに家族三人でお夕飯ね。嬉しいわ。あっ、でもその前に、反省するまでここから動けない麗ちゃんのためにオムツを買ってこなくちゃ」

ぞわっと、薄気味悪いものが全身を這った。羞恥心が刺激されて泣きたくなってくる。

「ねえ、パパ、ドラッグストアへ行きたいから車を出してくれる？　あとね麗ちゃんの髪、赤くしてみたいの。真っ黒なのも飽きちゃって」

「そうだな、ここに置いてやるとなれば必要なものもあるし。ああ、どこぞの汚い子種が仕込まれていないか確かめる道具も売ってるだろう。それも買ってくるか」

「ああ、いやだ。私の麗ちゃんが穢(けが)されてるなんて考えたくもない。どうせ低能でろくでもない男に引っかかったんでしょう。今日見て驚いたわ。服装もお化粧も以前の麗ちゃんじゃないんだもの。気持ち悪い。こういうの私、大っ嫌い」

「――そんな言いかた……しないでっ……」

気がつけば言葉が飛び出していて……涙もボロボロこぼれていた。

「汚くなんかない……穢されてなんかいない、あの人は……低能なんかじゃない、とても立派で、優しくて……わたしを人間扱いしてくれる、大事な人……」

感情がぐちゃぐちゃだ。こんな状態で口ごたえなんかしたら、本当に殺されるんじゃないか。そのくらいの恐怖がある。けれど、那智を悪く言われるのは絶対に嫌だ。

──運命の人を、貶(けな)されるなんて……いやだ。

「自分がしたい服装をしてもいいんだって……自分が好きなお化粧をしてもいいんだって……、あの人が褒めてくれたからそう思えた。あの人は……──あなたたちよりよっぽど素晴らしい人格者だ」

「しゃべるなぁ!!」

峯子が耳が痛くなるような金切り声をあげる。勝彦の腕を摑み、興奮して揺さぶった。

「口ごたえしたわ！　パパ、聞いた!?　信じられない、信じられない、信じられない!!　お仕置きして！　こいつにお仕置きしてよ！　躾け直して！」

顎を上げた勝彦が眼鏡の下から麗を見下ろす。

「モップでもホウキでもいいから持ってこい。百発も叩けば黙るだろう」

「そうね、こんな生意気な口きけないようにして。かわいい麗ちゃんに戻ってもらわなくちゃ」

言ったことに後悔はない。自分のことはさておいても、那智への暴言には言い返すことができた。

言い返したなんて。それができたなんて。我ながらすごい。ふたりの逆鱗に触れているようだが、自分が信じられないくらいだ。

けれど、わかる。百発叩いたって、勝彦は逆らった麗を許さないだろうし、たとえ全身青痣だらけで倒れていたとしても、峯子は逆らった麗が悪いと言い続けるだろう。

従順な〝支配欲を満たしてくれる麗ちゃん〟に戻ったと納得できるまで、許されることはない。

――今度こそ本当に、殺されるかもしれない。

そんな思いが胸をよぎった。

「それはもう殺人未遂ともなりえますが、よろしいですね」

――一瞬、自分の思考が那智の声になって聞こえたのかと思った……。

「こんなか弱い女性を、男の力で百発殴る？　モップやらホウキやらで？　どこを殴ります？　場所によってはそんなに殴らなくても動かなくなりますよ。そんなこともわかりませんか？　これは躾などではない。娘さんに対する、立派な虐待です」

幻だろうか。

那智が、部屋の出入り口に立っている。

厳しい表情で、この惨状を見据えている。

見知らぬ人間が現れたせいだろう。峯子は悲鳴を上げて勝彦のうしろにかくれる。勝彦は腰を引いてじりっと後退しながらも、家長として面目を保つために声をあげた。

「な、なんだ、おまえは！　警察を呼ぶぞ！」

「警察？　結構ですよ。すぐにあなた方を傷害と監禁で引き渡します。ああ、自分の子どもといえどもプライバシーを侵害してはいけないことはご存じですか？　手紙を勝手に見たり返事をしたり、部屋を物色し私物を捨てる。もってのほかだ」

「おまえ警察か……」

「似ていますが違います。東京地検の久我と申します。あなた方が逮捕されて送致された折には、十分な証拠と証言を添えて起訴して差し上げますよ。どんなに優秀な弁護士を雇っても、無駄だと思ってください」

那智はスマホを取り出すと、麗に優しく声をかけた。

「すまない麗、今の状態を写真に撮らせてほしい。顔は伏せていい。全身と、手枷をつけられた腕だ。のちに、必ず麗のためになる」

「なち……さん」

彼の声が耳から全身に沁み渡る。本当ならこんなみっともない姿を写真に収められるのはいやだ。けれど、那智が麗のためになると言ってくれているのだ。拒否する理由がない。うなずいて顔を伏せるとシャッター音が二回響く。すぐに峯子が文句を言った。

「やめて！　私の麗ちゃんのそんな姿撮らないでよ！　この変態！」

しかし怒鳴っただけで勝彦のうしろからは出てこない。勝彦はといえば、堂々とした那智の態度に少々畏縮している。

「立派に成人している娘を拘束して、オムツを穿かせようとするほうが変態だと思いますがね」

「勝手に人の家に入りこんで、盗み聞きした人間がなにを言っているんだか」

言い返されるのが悔しいのだろう。峯子の口は止まらない。が、相変わらず勝彦の陰にかくれながらの憎まれ口だ。

苦笑した那智が麗のそばに歩み寄ってくる。座卓の脚に巻かれた鎖を外し、麗の手枷を力任せに引っ張って壊してしまった。

鍵もなしで開いた手枷を見て、麗は目をぱちくりとさせる。その様子がおかしかったのか那智がクスリと笑った。

「見るからにオモチャでしたから。こういうのは結構力技で開くんですよ。オモチャの手錠とかもそうです。鍵を使わなくてはならない本格的なものは、もっと見た目がシッカリしている」

「……見たこと、あるんですか？」

「ありますよ。監禁事件の証拠品によくあります」

さすがプロ。仕事柄目が肥えている。

スーツの上着を脱いだ那智は、それを麗の背中からかけ、腕を支えてゆっくりと身体を起こさせた。

身体が起きていくと着ていた服が肌から滑り落ちていく。恥ずかしさのあまり、上着の前身頃を両手で寄せて前をかくした。

麗に手を添えながら、那智は勝彦と峯子に向けて言葉を吐き出す。――彼の表情が、ストンと落ちた。

「先ほど、勝手に人の家に入りこんで盗み聞きしている、と言っていたが、それは違う。私はドアチャイムを鳴らしましたし声もかけました。ドアを開けてみると廊下に見知ったバッグと財布やキーケースなどが落ちている。奥の部屋から半狂乱の金切り声が聞こえたら、突入しないわけにはいかない。麗さんは会社を『母が怪我をした』という理由で早退をしている。しかしそれはまったくの嘘で、麗さんを監禁するために呼び出したにすぎないようですね。幼いころから自主性を粉々にされるほど圧迫され虐待された麗さんは、母親に逆らえない。自分たちの監視下から抜け出してこっそりなにかをしている。それが気に入らないから、自分たちの言うことを聞くようにいためつけようとした。躾？　ふざけたことを。これは立派な傷害罪であり監禁罪だ。彼女のプライバシーをことごとく侵害した件に関しても法を犯している。私が踏みこまなければ、百回叩かれて麗さんは無残にも死んでいたかもしれない。

虐待と躾を混同するなんて言語道断。あなた方がやっているのは犯罪だ。わかりますね」

一気に畳みかける声は冷たく、剣呑としている。この声と表情で追い詰められて、いったい誰が言い返せるのだろう。

ふたりも同じだ。眉を寄せて口を半開きにしているが言葉は出ない。ただ最後に「わかりますね」と強めに言われたせいか、脊髄(せきずい)反射でうなずいていた。

かけてもらったスーツは那智のにおいがする。彼に包まれているようで緊張の糸がするするとほどけていった。

そんな麗を姫抱きにして立ち上がると、那智は歩を進めながら最後の警告を出す。

「麗さんの意見を聞いて、起訴するかどうかも含めて今後の対応を決めます。書類送検くらいは覚悟しておいてください。特に、春野勝彦さん」

名指しされ、勝彦が目に見えて青くなる。彼は公務員で役所勤めだ。書類送検などという事態になれば、出世どころか現在の地位さえも危うい。

峯子もそれに気づいたのだろう、勝彦のうしろから出てきて情けない声を出した。

「麗ちゃん！　麗ちゃん、待って！　行かないで！　ママのそばにいて！」

峯子の麗に対する〝お願い〟は呪いだ。そのとおりにしなくては、どんな目に遭わされるかわからないという恐怖が伴っている。それを知っている身体がビクッと大きく震えた。

「麗ちゃん！　ママを捨てるの⁉　そんなことしないわよね、麗ちゃんは、ママの麗ちゃんでしょう⁉」

幼いころから培われた従属癖は、一瞬で消えるものではない。身体に、脳に、全神経に、巣喰うように沁みついている。

今も峯子の声に反応して全身がざわざわする。苦しくて苦しくて泣きたい。ただこの苦しさは、峯子に対する「かわいそう」という感情ではなく、「もうわたしに構わないで」という声に出せない願いのせいだった。

「麗」

立ち止まった那智が、麗を見つめ静かな声を落とす。彼の眼差しにさらされると、スッと呼吸が整いだした。

「麗の潜在意識が、まだ両親を求めていると感じるのなら、私は急いで事を起こそうとは思わない。苦しいのなら、少しずつ離れる努力をしてもいい。トラウマというものはいきなり改善するものではない。私は、麗の心に無理のない解決策をとりたい」

――――この人は、どうしてこんなにわかってくれるんだろう。

那智に対する想いが、ぶわっと全身にあふれだす。それは、身体に、脳裏に、全神経に、沁みついた闇を覆って消していく。

「……お母さん」

静かに呼びかけて顔を向ける。目に入った峯子は、目を剝いて驚いた顔をしていた。「マ

マ」ではなく「お母さん」と呼んだせいだろう。

「わたし……そばにいたい人がいる。だから、お母さんのそばにはいられないよ。わたしは、彼のそばにいないと息ができない。……彼のそばにいて、やっと、安心できるの」

言い終わると、麗を抱いた那智が部屋を出る。玄関で彼が中身を拾ってくれていたバッグを手にし、彼の胸に抱かれたまま家を出た。

玄関のドアが閉まる寸前、「うららぁ!!」という憤怒に燃えた恐ろしいがなり声が聞こえたが……。

那智の胸のなかにいれば、そんなものは恐怖の対象ではなかった……。

那智の車で、麗はそのままマンションへ帰った。

彼が助けにきてくれたことで一気に力が抜けたのか、車のなかではぐったりとして言葉も出ない。那智も麗の状態を察したらしく、黙って車を走らせていた。

聞きたいことはたくさんあったのだ。どうして早退したのを知っているのか、実家に呼ばれたなんて誰に聞いたのか。両親の名前を教えたことはないのに、父の名前を知っていたのはなぜなのか、——救出してくれたのはありがたかったけれど、那智の仕事に支障はないのか。

事務官に、いやな顔はされなかったか……。

そしてそれらは、マンションに着いて一番に入浴させられ、サッパリしたところで那智がアイスティーを淹れてくれて、ソファでくつろぎつつ飲んだ次の瞬間、一気に噴き出した。

「わかったわかった。そんなに急くんじゃない。順番に教えてあげるから」

ハハハと軽く笑いながら、那智が麗の隣に座る。麗が入浴しているあいだに着替えたらしく、イタリアンカラーのシャツにチノパンというラフなスタイルになっている。

……いや、那智が着ればこのまま式典にでも出られそうなくらいのカッコよさだ。……と、麗は思う。

麗はといえば、入浴が済んだのでパジャマに着替えてもよかったのだが、一緒に帰ってきたのだから夕食の支度をしようと思いワンピースに着替えていた。

スカートの部分が三段切り替えのフレアータイプでとてもかわいらしい。以前は絶対に選べなかったが、最近、勇気を出して衝動買いしたものだ。

「そうだな、麗の質問の順に答えようか。早退したのがわかったのも、実家に呼ばれたのがわかったのも、麗と一緒に働いている女性が教えてくれた。両親の名前は、麗のことを調べた際の情報としてもれなくついてきたし、『監禁事件の疑いがある通報があったから調査に行ってくる』ということで出たので直帰扱い。篠山さんは別にいやな顔はしていませんよ」

「……よけいわからなくなったんですけど。わたしと一緒に働いている人って……。それに、わたしのこと調べたって、どうして？」

「気分を害したら申し訳ない。麗は、幼少期からのトラウマがある。この先、必ず両親の介入があると思って両親の人となりを含めて麗のことを調査させてもらった。会社の上司が父親と関係があるとわかって、会社でも監視されている可能性が高くなった。だから、信頼できそうな人に、事情を話して麗の様子がおかしかったら教えてくれるように頼んだんだ。それで、母親に呼び出されたのがわかった」

峯子に呼び出され、那智に連絡をしたかったけれど梓に言われた言葉が気になってできなかった。那智が頼んだ人物が彼に連絡をしてくれたから助かったようなものだ。

「誰ですか？　わたし、お礼が言いたいです」

「気持ちはわかります。ですが、その方の許可を得るまでは麗に名前は明かさない約束をしているんです。偵察みたいなものですから、こそこそ探っていたと知られて麗に嫌われたくないと言っていました。麗がお礼を言いたがっているから明かしていいかと聞いてみますよ。でも……、見当はつくのではないでしょうか。ハキハキと明るくて、麗のことをとても心配してくれる先輩ですよ」

「先輩……」

思い浮かんだのは冴子の顔だった。明るくて麗を心配してくれるといえば、真っ先に彼女が思い浮かぶ。

（冴子さんが……）

なんて嬉しいことだろう。こんなにも気にかけてもらえるなんて。那智から許可が出たらたくさんお礼を言おう。

「あの……会社で監視されている可能性が高い、って言ってましたけど……。やっぱり、常務とか専務とかから、父に連絡がいってたんでしょうか」

「その可能性はありますね。なにか変わったことがあれば連絡をするようにとは言われていたでしょう。特に、異性の影などには注意を払われていたでしょうね。特定の親しい人間ができれば、親の支配力が弱まる」

「わたし、朝から少し元気がなくて、それを気にした先輩が理由を聞いてくれたんですけど、その話を、常務がお気に入りにしている先輩が話したんじゃないかって思うんです。だから、いきなりアパートを引き払う手続きをとられたり、呼びつけられたりしたんじゃないかと」

「元気がなかった？　朝食を私と一緒に食べられなかったからですか？　いえ、私も寂しかったですよ。麗の顔を見ながら朝食をとるのが毎朝の楽しみですから」

「そっ、それもありますけどっ」

あまりにも当然のことのように言うので、ちょっと照れてしまった。

しかし、元気がなかった本当の理由を言うのには戸惑いがある。原因は梓に言われた言葉だが、彼女は那智に信頼されている人物だろう。そんな人間を悪く言えば那智がどう思うか。

言い淀んでいると、頭にポンっと那智の手がのる。

「もしかして、篠山さんになにか言われましたか？　事務官がいやな顔をしなかったか、と聞いてきたということは、私が麗のために行動することに対して篠山さんが気分を害したかもしれないと思ったのでしょう」

「……言いつけるみたいでごめんなさい……。仕事の邪魔になるようなことはしないで、って言われました。最近の久我検事はらしくないって……。なので、わたしが一緒にいることで那智さんの仕事の邪魔になってるのかって心配で……。それで母から呼び出されたときも連絡ができなかったんです」

「なるほど」

ゆっくりとうなずき、那智は「ふむ」と納得する。なんとなく気まずさを感じつつ、麗はアイスティーをストローで吸い上げた。

「らしくない、か。そうですね、麗の惚気ばかり言っていたから、さすがに呆れられましたか」

予期しなさすぎる言葉を聞いて、吸い上げたアイスティーが逆流した。ボコッとグラスのなかで大きく空気が弾け、その飛沫で手が濡れる。

「大丈夫ですか？　どうしました」

麗の手からグラスを取り、それをテーブルに置くと、那智は自分のシャツで麗の手を拭ってしまった。

「な、なにで拭いてるんですかっ」

「私のシャツではいやでしたか？」

「そういう意味じゃなくて……！」

あたふたする麗を意に介さず、那智は拭いた手をきゅっと握りしめる。

「ごめん、慌てる麗がかわいくて」

そんなことを言われたらよけいに慌ててしまう。おまけにワイルドなほうの那智に「かわいい」と言われてしまった。

「篠山さんは優秀すぎて俺の変化にも敏感だ。『一緒に住んでる子がかわいすぎて早く帰りたいから仕事にハリが出る』なんて言ったから気にしたのかもしれない」

声が出そうになって口が開くが、なにを言ったらいいのかわからなくてそのまま那智を見つめる。そんなことを言うなんて、どう考えたらいいのだろう。

「麗は仕事の邪魔になんかなっていない。むしろ活力になっている。俺が最近張りきりすぎているから、篠山さんは体調の心配をしたんだろうな。それと、俺の口から女の子の話が出たから、よけいに心配したんだろう。まさか騙されてるんじゃないかとか、弱みを握られているんじゃないかとか」

「彼女が……那智さんを好きだから、怒ったんじゃないんですか？」

「それはない。彼女、旦那一筋だし」

「は？　旦那……さん？」

「既婚者なんだ。旦那さんも事務官だよ。だいたい、俺に興味を持っている女性を、事務官になんかしておくと思う？」

また口を開けたまま声が出なくなってしまい、首だけを左右に振る。まさか梓が既婚者だったとは。それなら彼女は、本当に那智のことを心配して麗に忠告しにきただけなのか。

彼らしくないというのは、那智が惚気るようになったから不審に思うようになっただけなのだ。

（那智さんが……惚気てる？）

そう考えると、なんともすごいことではないか。那智が、麗のことで惚気るなんて……。

（どうしよ……恥ずかしい）

頬があたたかくなってきて顔が下がっていく。すると、麗の手を握っていた那智が、その手を自分の頬にあてた。

「麗」

おだやかな、でも艶のある声に惹かれて顔が上がる。麗の手を頬にあてたまま、那智が顔を寄せた。

「やきもち、焼いてくれたんだ？　また」

やはりこれはやきもちなのだろう。認めないわけにはいかない。

「はい……だって、彼女、美人だし、いつもそばにいる人だし……。わたしが那智さんを騙してるんじゃないかって本気で心配してた。無理やり既成事実を作ったなら犯罪だって言われて、そんなズルいことするように見えたのかなって……よけいにもやもやして……」

だんだん声が出なくなる。――顔が近い。本当に目と鼻の先に那智の顔がある。近すぎる。眠るときもぺったりくっついてはいるけれど、それとは全然違う。

「心配のあまり踏み込みすぎだが、いいことを言う。既成事実か……俺は、作らせてほしいけど」

「な、那智さん……」

「ん？」

「なんか……変です。あの、すごくトロっとしてます。……色っぽいっていうのかな……」

男性に「色っぽい」という表現はいいのだろうか。けれど本当に、彼を見てると身体が火照ってくる。

「うん、嬉しかったから」

「嬉しい？」

コツン……と、ひたい同士がぶつかる。艶やかな眼差しに瞳の奥を覗きこまれて、心臓が早鐘を打ちだした。

「母親に囚われかかった状況下で、俺を選んでくれただろう。俺のそばにいたい、俺のそばじゃないと息ができない。……安心できない」

「それは、……本当のことだから……」

「だから、もう、我慢しなくてもいいかなと思った」

「なんの我慢ですか?」

もう、この時点でわかっていた気がする。それでも自分で求めるのは恥ずかしくて、那智の助けがほしかった。

「運命の人になって、麗を欲しがる我慢」

唇が重なってくる。なんの我慢か聞いたときにはもう目を閉じていた。

彼の両腕に抱きこまれ、重なった唇が強く吸いついてくる。顔の向きを変えながら唇の表面を擦りつけ合い、自然と開いた口の隙間からぽってりと厚い舌が潜りこんできた。

応じるのは恥ずかしいし、こんなキスはしたことがないから、おかしなことをしてしまったらどうしようと心配になる。那智はどうしてほしいだろう。

でも、そのままでいるのも申し訳ない気がして……。

ちょっとだけ舌を動かして頬の内側を探る彼の舌に触れてみる。と、だしぬけに舌を搦(から)め捕られじゅうっと吸いつかれた。

「ふっ……! ん、んっ!」

困ったような短いうめき声が三回続く。那智がクスッと笑い、少し唇が離れた。

「そんなに驚かなくても」

「違うんです……なんか、ピリピリしたから……」

「痛かった?」

「そうじゃなくて、こう、ゾクゾクって、全身がぶわってあたたかくなるみたいな……」

もう少しわかりやすい言いかたはないものだろうか。しかし自分に起こった状態をそのまま説明するとこのとおりなのだ。

「そうか……嬉しいな」

また那智の唇が重なってくる。パクパクと食むように動かされ、くすぐったくて肩をすくめて笑ってしまった。

「那智さん、くすぐったい」

「麗、眠くない?」

「まだ眠くなる時間じゃないですよ、那智さんっ、くすぐったいってば」

「そうか、それなら、ベッドに行こうか」

「ベッ……」

くすくす笑いも止まってしまった。時間的にはまだベッドに入る時間ではないし、どちらかといえば食事の支度が先だろう。

このムードで、この時間に、恥ずかしくなるくらい艶っぽい那智に「ベッドに行こう」と言われたということは……。

(そういうこと……かな)

ちらっと不安げな目を那智に送る。彼は憎らしいくらい秀逸な微笑みで麗の心を鷲掴みにすると、麗を姫抱きにして立ち上がった。

「そうそう、ちょっと頼みがある」

「なんですか?」

「これから麗が困るくらい裸でくっつくけど、眠らないでくれ。俺が立ち直れなくなる」

「ひゃぁ……」

照れるあまり、おかしな声が出てしまった……。

第四章　誰よりもなによりも愛しい……

「このワンピース、とてもかわいくて似合ってる。初めて見たけど、これもお蔵入りしていたもの？」

ベッドの上に麗を横たえ、那智が微笑ましげな眼差しを落とす。

似合っていると言われたのが嬉しくてニヤけそうになるが、なんとかそれを堪えて答えた。

「これは、つい最近。目について衝動買いしちゃったんです。……那智さんと会う前は、欲しいなと思っても絶対に買えなかったデザインなんですけど。かわいくて……」

「うん、かわいい。麗が着ているからよけいにかわいい」

褒められすぎな気がする。でも、那智に言われるのなら嬉しいから、「そんなことないです」と出てきそうな言葉を呑みこんだ。

「脱がすのはもったいないけど、麗の服を脱がせるのは俺の特権にしたいから、一気にいくか」

言うが早いか両手でワンピースのスカートを掴み、たくし上げていく。ファスナーなどはなく、かぶるタイプのワンピースなので脱ぐには頭から抜くしかないのだ。

ということは脚から徐々に肌がさらけ出されるということで、ワンピースを抜かれると戸惑う間もなく下着姿になってしまった。

寝室の照明は消されているが、常夜灯は灯っている。ついでにカーテンが閉まっていないので夜の仄(ほの)かな明かりが室内を満たし、意外と明るい。麗の姿は、那智にはっきりと見えているだろう。

「全部脱がせていい？」

「え？　あ、はいっ」

とっさに返事をしてしまった。駄目と言うのもおかしいが、戸惑いが大きくなっていく。ブラジャーのホックが外されたときには、両腕が胸をかくそうと動く準備をしていた。

「かくすなよ」

「ひゃいっ」

悟られたことに驚いて、声が裏返り返事がおかしくなる。浮きかけた両腕はそこでとまった。那智はといえばさっさとブラジャーを取り、なんの躊躇もなくショーツまで取り去ってしまう。

返事をしてしまった手前、上も下もかくすリアクションはとれない。せめてもの気持ちでギュッと両目を閉じる。彼の顔を見なければ、少しは恥ずかしくないかと思ったのだ。

……が、どんな顔で麗の裸を見ているのだろうと考えると、それだけでとんでもなく恥ずかしい。

「麗の肌は綺麗だな。毎晩パジャマの上からさわって身体の形がいいのはわかっていたが、こうしてみると格別だ。あたった感触から予想していたより胸が大きいのは、寝るときに着けるブラジャーとやらで押さえつけていたせいか。それはいけない、今晩からパジャマにブラジャーは禁止で頼む」

「な、なちさん、エッチっ」

彼が話す内容に羞恥が大爆発だ。思わず目を開き両手を伸ばして、那智の顔をかくしてしまった。

「パジャマの上からさわった、とか、あたった感触から、とか、そういうことばかり考えながら寝かしつけてくれてたみたいじゃないですかっ」

「考えていたけど？」

「はひぃ？」

「麗は動揺すると変な声が出るな」

くすくす笑う那智の指が両手に絡まり腕を開かれる。顔の横で押さえられ、艶のある眼差しが迫った。

「とろ～ん、とした色っぽい顔で、毎晩『那智さん』『那智さん』ってかわいい声で懐いてこられたら、そりゃおかしな気分にもなる。麗は安心しきってべたべたくっつくし、おまけに俺の身体をさわりまくるし、俺のことを男だと思ってないなと何度思ったか」

「そんなことは……」

「もしかして誘ってるんじゃないか、いや、麗に限ってそんなことはない。なんて思いつつ、そうだったらどんなにいいかと。まったく、俺がここまで我慢できる男でよかったな。これが仁実だったら初日に喰われてたぞ」

「な、なんかわかんないけど、ごめんなさいぃっ」

つい謝ってしまった。唇が重なってきて、ちゅっちゅとかわいらしいキスをされているうちに動揺が収まってくる。

「下心を我慢していたんだってわかって、安心できなくなったか？」

「それはないです。那智さんは那智さんですから。今だって、キスしてもらって落ち着いたし。むしろ……」

わずかにはにかみ、言葉を続ける。

「そういうふうに見てもらえていて、嬉しいかも……。那智さんに、なんの魅力もない女だって思われていなくて、よかった」

「麗」

「はい」

「今ものすごく、抱きしめてキスしたい、……それ以上のことがしたいんだけど」

「しようとしてるくせに、なに言ってるんですかっ」

アハハと楽しげに笑いつつ、那智が身体を起こしてシャツを脱ぐ。半月以上一緒にいるが、彼の半裸姿を見たのは初めてだ。麗は惹きつけられるように身体を起こし、那智の胸にぴとっとくっついた。

「どうした？」

「いつも寄りかかっている場所、なにも着ていないのが新鮮で……。あったかい……」

スーツやパジャマ越しに感じていた彼の胸。素肌がとても心地いい。硬いのに柔らかいという不思議さ。そういえば力を入れていないときの筋肉は柔らかいと聞いたことがある。

「那智さん……」

胸に顔をつけてすりすりと動かす。あたたかみといいやわらかさといい、この感触が堪らない。いつもスーツやパジャマの上から感じていた那智の香りとも違う気がして、意識がふわふわしてくる。

「なちさん……気持ちいい……」

両手で胸をさわってみる。ドキドキして呼吸が速くなってくるので、口で深く吐息した。

身体の熱が上がってくるが、ほんわりとしたいい心地だ。じわじわっと腰の奥がむず痒くなってきて、無意識に内腿を擦り合わせていた。

「なちさん……」

「……それが、マズいんだ」

麗を腕に抱き、ベッドに倒れこむ。耳元に唇を寄せ、耳朶を食んで吐息を吹きこんだ。

「そんな溶けそうな顔をして、かわいい声を出すから……俺が困るんだ」

「ご、ごめんな……さっ、ンッ」

耳の奥がじりじり痺れる。那智の声が鼓膜に響いて頭の中を回るたび背筋を甘い電流が流れ、引き攣るように背が反った。

「まあ、我慢しなくてよくなっただけいいか」

耳の輪郭から耳介へ舌を這わせ、耳朶を吸って嬲る。果たして耳というものは、こんなにも敏感だったのかと思うほどむず痒い。

「んっ、ぁ、耳、くすぐった……ぃ」

「くすぐったいか……。よし、じゃあ、もっとくすぐったいことしてやろう」

「腋コチョコチョは意外と強いですよ」

「いや、さっきのお返し」

「お返し……?」

那智の両手が胸のふくらみにかかる。先ほど麗が那智の胸に擦りついたお返しなのだろうが、これはくすぐったいというよりは恥ずかしいほうだ。それとも那智はくすぐったかったのだろうか。

下から持ち上げるように白いふくらみを握られ、ブラジャーを着けているときより自分の胸が大きく感じる。彼の指が細かく動いて柔肉の上で弾むと、麗は自分の予想を訂正せざるを得なくなった。

「ぁっ……胸、ん～～～」

思わずうなって顎を上げてしまう。

くすぐったい。

胸を揉み動かされると、むず痒いようなものが胸いっぱいに広がって肌がそわそわする。身体が黙っていられなくてじれったく動いてしまう。

「くすぐったい？」

麗はこくこくとうなずきながら息を弾ませる。鼓動が速くなって胸が熱い。

「ダメ……ぁ、ハァ……くすぐったぃ、です……ムズムズして……ぁぁ」

「くすぐったいなら笑い声をあげるんじゃないか？　笑って暴れるはずなのに、なぜそんな困った顔をして甘えた声を出している？」

「んっ……だって、ァッ……やぁ……」

那智の言うとおりだ。くすぐったいなら笑えばいい。けれど笑えない。このおかしなじれったさが、呼吸を乱し甘えた声をあげさせる。

「つまりは、麗は今、くすぐったいのではなく、気持ちよくなっているということになる。毎晩ベッドで俺にくっついて『気持ちいい』『気持ちいい』といやらしい声をあげては俺を煽っていた、その状態だ。麗は性経験がないから、快感でぞくぞくするのをくすぐったいと混同している。証拠として肌が火照ってきていること、すでに胸の頭頂部が大きくなっていること、耐えきれなくてずっと内腿を擦り合わせていることなどがあげられる。ああ、それと、甘えたいやらしい声が止まらないというのも断定できる要因だ。間違いないだろう」

「もぉぉおっ、わかりましたっ、気持ちいいって思ってもらっていいですっ、言われてみると『これが、気持ちイイってことなんだ』って思えてきましたっ」

こんなに一気に〝気持ちいい証拠〟を言われてしまうと、そのとおりだな、と思うのと同時に、すごく恥ずかしいことを冷静に観察されているような気がしてくる。

羞恥と闘う麗を前に那智は満足げにうなずく。敵わないのはわかっているが、ちょっと文句を口にしてみた。

「わたしの声……いやらしいんですか？　二回も言うことないじゃないですか」

「すごくいやらしくてかわいい。毎晩そんな声で懐かれて、今まで耐えた俺を褒めてほしいくらいだ」

「声……出さないほうがいいんですか？」

「大いに出して結構。というか、大いに出させてやるから安心しろ」

「安心って……んっ！」

いきなり襲った感覚に肩が震え、火でも点いたかのような熱さを感じた。那智が「大きくなっている」と口にした胸の頭頂部を指で引っ掻いたのだ。

彼の指は執拗(しつよう)に動く。そのたびに、甘えたいやらしい声が断続的にこぼれ出した。

「ぁ、あっ……ぅんん、やっ、ぁンッ」

「すぐ硬くなってくる。麗はやっぱり感じやすいんだな」

硬くなってくる、がなんのことなのかはすぐにわかった。那智が引っ掻いていた頭頂部の突起をぐっと柔肉に押しこめ、ぐりぐりと転がすようにいじる。その突起が硬く凝(しこ)っているのを感じるのだ。

「やぁ、あっ、ダメ、ムズムズして……ぁぁっ」

じれったくて苦しい。けれどいやだと感じるものではない。苦しいのにいやじゃないなんて、おまけにもっとされてもいいと感じている。

「那智、さぁん……」

「うん、イイ声だ」

満足げな言葉を吐いた唇が、さらなる満足を求めるように指で弄んでいた突起を食む。ちゅくちゅくと音をたてて吸いたてられ、ときおり前歯で掻くように甘噛みされるたびビクンビクンと震えてしまう。

「んっンッ、あ……ぁぁん」

自分のなかで官能が育ってくるのがわかる。脚の付け根が痺れてきて、どうにも黙っていられず閉じた内腿に力を入れて腰をうねらせた。

逆側の突起を指でつままれ撫でるように転がされる。指と口で違いはあるものの、両方を刺激されて胸から広がるもどかしさも二倍だ。

「ハァ……あっ、ぁ、ダメ……」

「なにがダメ?」

「なんか……、アッ、フワフワしてく……ぁぁん」

「ふわふわ?」

「身体……黙っていられな……あっ、あっ……やぁぁ」

腰の奥が熱い。心地のよいぬるま湯につかっているみたいだ。なにかに追い詰められているような切迫感と同時に、今すぐそれから解放される術があることを身体が知っている安心感がある。

追い詰められ続けていた麗の心が、那智によって安心感を覚えたそれに似ている。

解放された瞬間、眠りに落ちるいつものパターンだ。

「なちさん……気持ちいい……、でも、いつもより、身体……ぁぁっ、熱くて……」

「寝るなよ?」

「ん……、アッ、ハァあ、どうしよ……いつもより……なんか……ぁあん」

ときどき言葉を出しながらも、那智の唇と指は麗の両胸の突起を愛撫し続けている。腰が重くて切ない。このまま溶けてしまうのではないかと思うくらいぐずぐずになっていく。

腰を大きく左右にひねりながら内股に力を入れる仕草が、まるで尿意を我慢しているかのよう。人前では遠慮したい仕草だが、こうせずにはいられないほどお腹の奥が切ない。

「ああ、そうか。わかった」

胸から離れた那智の手が、唐突に脚の付け根のわずかなあわいにねじこまれる。予想だにしなかった場所への侵入に驚き、束の間脚の力が抜けた。

すぐに再び強く閉じようとしたが、彼の手を挟んでしまうだけ。

「もじもじしているから感じているんだろうとは思っていたが、さらに自分自身で追い詰めていたとは。これだけぐしゃぐしゃなら、無理もない」

「あっ……!　そこ……」

脚を閉じようとしても、すでに目標を定めてしまった手は問題なく肉の裂け目を割って進む。ぐちゃり……とした感触に驚いて腰を引くが、彼の手は構わず泥濘(ぬかるみ)の中を泳いだ。

「あっあぁ、やっ、そこぉ……」

「麗、もじもじしていた脚、ぎゅっと強く締めたら気持ちよかっただろう?」

「はい……あっ、ダメ……そんなに、いじられたら……アッん」

那智の指が恥ずかしい部分で滑らかに動いている。上から下に、下から上に、円を描くようにぐるぐると泥濘をかき分けていく。

「なち、さぁん……」

熱いものが弾けて蕩けそうだ。――毎夜眠りに落ちるときのように……。

「毎晩同じようにもじもじしていたということは、そういうことだ。無自覚な自慰行為で軽く果てて、気持ちよく眠れていたというわけだな」

なにを言われたのか。いや、わかるのだが驚いている余裕がない。しかし驚くべき発言だったのはわかる。

それについて考えるより、この蕩けかかったもどかしさをなんとかしたい。脚を締めていればなんとかなったのに、もう那智の指に頼るしかなくなっている。

「なちさん……そこ、うずうずして……ぁっあ、んっ」

「わかってる。いつもみたいにイかせてあげるから、これからは、イきたいときは俺に言ってくれ。いつでもどこでもイかせてやるから」

問題発言連発である。物申したいところだが、それよりも身体のほうを優先したい。那智の手を挟みながらも両腿を締め、麗は腰を反らせた。

「やっ、も……ああっ、ダメぇ――！」

彼の指が触れている場所で大きなシャボン玉が割れたような刺激が響く。やわらかな皮膚がきゅんっと収縮して、……蕩けた。

（あ……気持ちいい……）

ふわっと襲ってくる陶酔感。そうだ、こんな感覚のあと、いつもは眠りに落ちてしまうのだ。……が。

「ひゃぁっ！」

突如襲った感覚におかしな声が出た。陶酔感が吹っ飛ばされていく。考えるよりも早く両手が脚のあいだを押さえていた。

「なっ、那智さっ……！」

そこには那智の頭がある。そして彼の舌が秘部に触れているのだ。

「あっ……それっ、ぁぁっ……！」

ぴちゃぴちゃと水音をたてて舐めたくられる感触を、なんと表現したらいいのだろう。丁寧で綺麗な言葉など思いつかない。ただ……。

（え？　気持ちいい……）

自分でも見たことがない恥ずかしい場所を舐められるという恥辱的な行為なのに、ひと舐めされるごとに先ほどの陶酔感を上回る刺激が襲ってくる。

そして、その刺激が蓄積されて腰が重くなり、麗は腰を引くように動きながら焦れた。

「ダメッ……そこ、ああっ、また、うずうずして……あンッゥん」

麗の訴えは聞いてもらえない。それどころか舌先でとんでもなく敏感な部分を弾かれ、電極に触れたような刺激が走る。

「あっ！　あ、やっ、ダメェ……ああンッ――」

脚のあいだでなにかが弾けたような刺激とともに腰が反る。しばらくその状態から動けなかった。

息が荒くて、心臓が早鐘を打ち、肌がずいぶんと火照っている。那智の舌から解放されたのに、麗の秘密の場所はきゅんきゅんとおかしな収縮を繰り返している。

「二回連続は疲れたか？」

頬にかかった麗の髪を横に寄せ、那智がひたいにキスをする。優しい顔をしているのに、口調が意地悪だ。

「那智さん～～」

恨みがましい声を出すと、那智は軽く笑ってベッドを下りる。ボトムを脱ぎだしたので、さりげなく顔をそむけた。

「いろいろ……すごいこと言われたのに、言い返せませんでした……」

「気持ちよさが優先された？　それは仕方がない。自分でもじもじするより、俺にされたほうがいいだろう？　これからは気持ちよくなりたいときは言えよ？　いくらでもしてやるから」

「那智さん……やらしいですよ……。さっきも言われた気がするけど……」

「麗が無意識にやっていたことに気づいたら、もう、かわいくてかわいくて仕方がない。俺のそばで安心感が生まれたとたんに性欲まで生まれたってことだろう。安心感で心地よくなって内腿を擦り合わせていたら、陰部に刺激が伝わって気持ちいいことを覚えてしまった。軽く達する感覚で眠りやすくなったんだろうな。気持ちはわかる。男だってもやもやしたときには軽くヌけばサクッと寝られることもある」

無意識の自慰行為とはそういう意味か。思えば確かに脚のあいだで軽い刺激が走ったあとに意識が蕩けていた。

とても恥ずかしいことをしていたのではないか。ということは、麗は那智に安心感をもらって楽になるあまり、欲情までしていたということなのだ。

「恥ずかしい……」

両手で顔を覆い、那智に背を向けて身体を横向きにする。閉じた脚のあいだがまだ熱くてヌルヌルした。

「恥ずかしい話だったか？　軽くヌけば、のとこ？」

「そうじゃなくて……自分がしていたこと……」

「そんなことはない」

那智がベッドに上がってくる。麗の肩を摑み、ゆっくりとあお向けに戻した。

「人間は、幼いころに〝性への目覚め〟がある。しかし、ずっと抑圧された環境で育った麗には、それがなかったんじゃないか？　ずっと抑えつけられていた〝自分〟を、俺といることで出せるようになった。好きな服を着て、好きなメイクをして、好きなものを食べて、好きなところに行って。好きなときに……キスができる」

那智の唇が重なり、彼が軽く覆いかぶさってくる。脚を広げられ膝が立った。

「麗が俺のおかげで性に目覚めたなら、これほど嬉しいことはない。目覚めさせた責任はとらないとな。一生、俺だけに欲情していたらいい」

「那智さん……」

「運命の人、なんだろう？」

嬉しさが全身からあふれ出してくる。泣きそうになりながら、麗は那智の肩から腕を回して抱きついた。

「はい。那智さんは、わたしの、運命の人なんです」

「よし」

唇が強く重なると、那智が腰を進め……脚のあいだに初めての感覚が訪れる。

「んっ……！」

麗がうめくとそのときだけ那智の動きは止まったが、すぐに進攻を開始する。大きな熱が、脚のあいだから自分の中にはまっていく不思議な感覚でいっぱいだ。

「顔をそむけていたから見ていないだろうが、ゴムは着けているから、心配するな」

「は……ぃぃっ」

ちゃんと返事ができない。もとより那智のことなので心配などまったくしていなかったのだが、教えて安心させてくれるところにときめきを感じる。……が、ひとまずそれどころではない。

窮屈な隘路を押し拓かれるごとに鈍痛が生まれる。しかしなぜだろう、彼に与えられる痛みなんて、まったくつらくない。

（ああ……そうか……）

その理由を、麗は一瞬で悟る。

――――愛情を、くれる人だから……。

幼いころに受けた痛みは、ただつらいだけだった。けれど、那智に与えられる破瓜の痛みは、圧迫感はあれどつらさなど一切感じない。

「痛いか？」

唇をわずかに離し、那智が尋ねてくる。薄くまぶたを上げると艶っぽい眼差しに魅了されるが、それが少しだけつらそうに見えた。

「大丈夫……です。那智さんだって思ったら、つらくなんかない……。むしろ、嬉しい。ハジメテが、那智さんで、幸せ……」

「麗……」

麗の言葉に昂ったのかもしれない。那智は片方の胸のふくらみを揉みしだきながら、ゆっくりと、しかし確実に最奥を目指して己を進めていく。

「ん、ぅあっ……ハァ、あ、那智……さっ……」

ズッズッと、熱塊が蜜路をいっぱいにしていく。目を閉じてそれを感じていると、自分の身体が那智でいっぱいになっているような甘やかな充足感で満たされ、ふっと力が抜けた。

「あぁ……あっ、ふぁ……」

「もう少し……」

最後のひと押しとばかりに、ズズズズッ……と体内に圧がかかる。臍（へそ）の裏をつつかれるような刺激に堪らず腹部が波打った。

「那智、さっ……ンッ」

抱きつく腕に力が入り、腰が浮く。恥丘がピッタリ密着してしまうほど繋がり合ったのがわかって、吐息が細い嬌声（きょうせい）に変わった。

体内が那智でいっぱいになっていると感じるだけで、ふるふるっと身震いが起こる。きついくらいに張りつめた圧迫感がかえって心地よい。

最初に訪れた破瓜の痛みも、さほど気にならないままにこの心地よい圧迫感に呑みこまれてしまった。彼に与えられるのなら、痛みさえ愛おしい。

「全部入った。麗はいい子だ。力を抜いてくれたおかげで、スムーズだった」

「力……、あっ」

那智が身体の中に入ってくる幸せに酔ったとき、力が抜けたのだ。思えばあの直後、一気に挿入された。

「苦しくないか?」

「まさか、全然です」

嬉しそうに答える麗にキスをして、那智はゆるやかに腰を揺らしはじめる。腰がひかれて隘路が元に戻ろうとすれば、そうはさせじとばかりに滾りが押しこまれ広げられる。緩慢に繰り返されるその行為は、この形に慣れろと言わんばかり。

困るのは、ゆっくりとした動きであるにもかかわらず、だんだんと微電流を流されているような快感が全身をめぐりはじめたことだ。

「あっ、ぁぁ……那智、さ……ぁンッ」

短い吐息が弾む。彼の抜き挿しと一緒に腰ががくがくと揺れた。

「どうした? 腰が揺れてる」

「んっ……ンッ、気持ち……イイ、から……あっ」

「そうか、素直に感じられて、麗は本当にイイ子だな」

「那智、さんは……気持ちイイ?」

「ん？」

「那智さんも……気持ちよくなくちゃ、いや……ぁ」

とっさに浮かんだ感情だった。那智に触れて、触れられて、こんなにも心地よい。こんな嬉しい気持ちが麗だけなのはいやだ。

彼にも、気持ちよくなってほしい。この愛しい気持ちを共有したい。

「麗は本当に、そうやって俺を煽るようなことばかり言うんだな」

苦笑いをした那智が今までよりも大きく腰を引く。抜けてしまうのではないかと焦った蜜路がきゅうっと締まった。

「ほら、そうやって煽る」

「ふ、不可抗力です……。抜けちゃいそうで、びっくりしたから……。あっ」

「抜かないよ。こんなトロトロで気持ちイイところ。ずっと入っていたいくらいだ」

「ほんと……ですか？　ハァ……ぁ」

「本当。でも、麗が欲しそうだし、俺もつらいから、動かずっていうのは無理だな」

「欲しそうって……ンッ、また、そういうこと……ぁぁ、ぅ、ンッ」

話しているうちに吐息が弾んでくる。彼の屹立は先端を膣口に引っかけたまま動かない。ゆるやかに擦られ剛直の味見をさせられた媚襞が、その熱を求めてざわめきだす。

「欲しそう、の意味、わかった？」

「うずうず、する……」

感じているままを口にしてうなずく。那智が身体を起こし、麗の膝頭を両手で押さえて深く腰を突きこんだ。

「ああっ……！」

一気に貫かれる刺激が堪らない。背中を反らしとっさに両手を前に出すと、その手を掴まれ大きく腰を揺らされた。

「あっ、あっ……ぁぁぅんっ！」

「そんなに締めるな。俺が持たないだろう」

「やっ、あ、あぁ、無理、無理ぃ……ああんっ！」

首を左右に振って啼き声をあげる。麗が素直な反応を示すせいか那智の出し挿れが速くなり、貫通したばかりの花洞は求められるがままに掘り返されていった。

突き挿れられるたびに彼の力強さが全身に響き、愉悦という甘露が恥骨のあたりから広がっていく。

初めての官能を享受し、麗は蕩けきってしまいそう。

「ああ、ハァ、あっ！　那智さん……那智、さっ……やぁぁん」

ハジメテの経験で、こんなに感じられるものなのだろうか。なんとなく頭に入っていた知識には「初体験は痛いだけで気持ちよさはない」という情報しかない。

（でも、きっと、那智さんだから……）

運命の人に抱かれているのに、気持ちよくないはずがない……。

麗の反応に応えるように那智の動きは激しくなっていく。甘美な快感がぐるぐるとめぐって、麗は嬌声をあげながら首を打ち振り身悶える。

「やぁ、ダメェっ……ヘンに、なりそっ……あぁぁっ！」

「なっていい。なっても、俺は怒らないから」

「あぁぁっ……！」

激しい抽送にさらされ大きく身体が揺さぶられる。両手をまとめて腹部で押さえられると、狭まる両腕のあいだに寄せられた胸のふくらみが大きく揺れ動く。

それを那智が空いた手で揉み乱し、鷲掴みにして指を喰いこませた。

「なち、さぁ……、ダメッ、胸……そんな、したら……ああっ！」

「麗の身体は悦んでいるみたいだが？　その証拠に、怒りたくなるくらい喰いしめてくる」

「おこっちゃ……やぁ……あああンッ！　怒らないって、言った……あっあ！」

泣いているのかあえいでいるのかわからない声が出る。欲情のなかにいながらも優雅に微笑んだ那智が、押さえていた麗の手を放して自分の指を絡め軽く覆いかぶさってくる。

赤く実った胸の突起をしゃぶり、快感に蕩けた麗を見つめる。

「好きだよ、麗」

もう、このひとことだけで快感が爆ぜてしまいそうだ。心臓が大きく脈打つ裏で、きゅんきゅんと胸が絞られてこのまま止まってしまいそう。

「なちさん……わたしも……」

麗の中に生まれているのに出せなかった言葉。あまりにも恋愛経験がなさすぎて心の中にあるのに言語化できなかった。その言葉が、やっとわかった。

誰かを特別に愛しいと思える。これが、特別な〝好き〟の感情なのだ。

それを口にしたかった。しかし、那智の抽送が勢いを増し、雄々しいもので蜜壺をかき乱される愉悦に麗の官能が限界を迎える。

「ダメッ、もぅ……なちさん……那智さ……好きぃ――――!!」

「麗っ……」

大きな刺激が突き上がってくる。全身の血液が逆流してきたかのような熱が爆ぜた。

がくがくと腰が跳ね、無我夢中の嬌声が小さくなりながら音を引く。声を詰まらせた那智が、最奥を穿った肉棒を大きく震わせた。

唇が重なり、荒くなった吐息を吸い取られ、そこに交じる泣き声を慰めるかのように優しいキスが繰り返される。

顔の横で指を絡めていた手をお互い握り直し、唇が離れ、微笑み合う。

「……那智さん……好き」

「麗……」

「大好き……。どうしよう、こんな気持ち、初めて……」

泣きそうになる麗に、那智はひたいをコンっと打ちつける。

「なにをいまさら。運命の人、なんだろう?」

「はい」

嬉しくて幸せで、指が離れた手で、麗は強く那智に抱きついた。


那智と話し合い、今の会社を辞める決心をした。

上司が父親と繋がっていることから、会社での様子が両親に伝わる可能性がある。

那智に一度やりこめられたからといって、あのふたりが麗を取り戻すのを諦めるとも思えない。書類送検と脅しはしたが、麗もどうするべきかすぐには決められない。そう考えればこのまま勤め続けるのは危険だ。

単調な仕事でノルマの縛りもない。パートやアルバイトは時間の融通もきく。残業はやればやっただけ出る。極めつきは〝アットホームで仲のいい社風です〟というアピールが決め手になり、人員補充の募集をかければあっという間に枠が埋まる会社だ。

そのせいなのか、それとも退職パワハラはありませんと強調したいのか、辞めるのも非常に簡単。社内メールで専務に退職の意志を伝えればいいだけ。

退職願も引き継ぎも必要ない。伝えたその日に辞めてもなにも言われない。麗が入社してから入ってきた人たちは、みんな辞めるその日に申し出てこなくなった。

退職に伴う書類は送付される。麗の場合、アパートは両親に解約される予定なので送付されても受け取れないが、縁が切れるならもらわなくてもいいと考えている。

今住んでいる場所の住所は絶対に伝えたくない。会社に教えれば、もれなく両親にも伝わるだろう。

那智に言わせれば、この会社はグレー企業の典型だという。

人間関係がよく、社内の雰囲気がいい。それほどストレスになる仕事ではないため継続が苦にならない。「みんながやっているから」という気持ちで残業をいとわない者が多い。

それゆえ輪を乱すことを恐れ自分の意見をなくし、さらに辞めづらく、気がつけば社の雰囲気にどっぷりつかってしまって、以前の麗のように異常な残業マシンになっていてもそれを疑問に思わなくなる。

ホワイトのようでホワイト企業と呼ぶことはできず、ブラックのようでブラック企業とは言いきれない。それが、グレー企業である。

洗脳から覚めなければ、グレー企業からは逃げられないのだ。

――キーボードの上で手を止め、顔を上げる。

モニターと立てたファイルの隙間から、冴子の姿が見えた。

（冴子さんに、お礼が言いたいな）

今朝、退職の意思を専務にメールで伝えてある。定時で仕事を終える際に、オフィスに残っている人たちに挨拶をして会社を出たら、それで終わりだ。

麗が気を使うと考えたのか、那智に協力したことは言わないでほしいと頼んであるらしい。しかし冴子には相談にのってもらったり気を使ってもらったり、いろいろとよくしてもらった。

昨日だって、那智に助けてもらえたのは冴子のおかげなのだ。

お礼が言いたいが、どうしたらいいだろう。言わないでくれと頼んであるのに麗が知っていたら、許可をしていないのに話したと思われて那智が悪者になってしまう。

朝からそんなことで悩んでは手が止まる。冴子はパートなので夕方には帰ってしまう。あと十五分くらいだ。彼女が帰るまでに踏ん切りをつけなくては。

（今日で辞めるっていうことも、伝えておきたいな）

悩ましく考えているとオフィスのドアが大きく開き、騒がしく入ってきた数人の同僚が駆け寄ってきた。

同僚といっても三十代や四十代のパート社員だ。夕方からのシフトの人たちで、冴子をはじめとする昼シフトの人たちと入れ替わりで仕事に入る。

「麗ちゃん、今日で辞めるんだって？」

「まさかまさかだよね。麗ちゃんが退職とは思わなかった」

「でも最近変わったし、なんかあったな～とは思ってた」

責める口調ではない。有名人のゴシップを話題にするような、他人事で楽しむときの口調だ。

近くの席の人たちには聞こえたのか、わずかに注目を浴びている気配を感じる。あまり騒がれたくもないので、麗は申し訳なさそうにやんわりと笑顔を繕った。

「すみません。お騒がせするのも申し訳ないので、退社時間にご挨拶をと思っていて……」

「いいよいいよ、気にしないで。いいお仕事が見つかったならそれに越したことはないし」

「そうだよ。麗ちゃん若いんだからさ、もっといろいろやりたいでしょう？」

「ここだと飼い殺しみたいなもんだし。若い子には物足りないよね」

なぜ今まで気がつかなかったのだろう。みんながみんな、この会社のすべてをいいと受け入れているわけではない。仕事の単調さややりがいのなさをわかったうえで身を置いているにすぎない。

みんな会社に不満など持たず仲よくやっている。ずっとそう思いこんで……思いこまされていた。グレー企業に洗脳されていたのだ。

それに気づける自分になれたのは那智のおかげだ。彼のそばにいれば自分は変われると感じたのは、間違いではない。

「ありがとうございます。でも、誰かに聞いたんですか？　わたしのこと」

おおかた専務が世間話のついでに洩らしたか、専務と常務が話をしているのを聞いたかどちらかだろう。

「麗ちゃんのご両親が専務と立ち話してたの聞いちゃったの。お迎えにきてたみたいだけど、そのまま応接室に入っていったから退社時間までそこで待ってるんじゃない？」

考えてもいなかった話を聞いて背筋が凍った。

（お父さんと……ママが、来てる？　ここに？）

なぜ。なにをしに。そんなの決まっている。

――麗を連れ戻しにきたのだ。

「お父さん、厳しそうな人だね。公務員だっけ？　普通なら仕事中なんだろうけど、麗ちゃんのために休んだのかな。優しいね」

「お母さん、にこにこしてかわいい人だったよ。麗ちゃん、お母さん似？」

「麗ちゃんひとり娘だもんね。かわいくてかわいくて仕方がないんだろうなぁ」

両親の話を聞けば聞くほど麗の肝が凍っていくことも知らず、三人は気楽に話を続ける。

終業時間と同時に、仲よし親子の薄っぺらい仮面をかぶったふたりが迎えにくる。それを考えると、今すぐここから逃げ出したくなった。

「はいはいはい、お三方～」

間延びした声を出しながら話に割りこんできたのは由喜美だった。固まった三人のあいだから顔を出し、それぞれに顔を向ける。

「先にタイムカード押してきたほうがいいですよ～。パートさんは五分前までには押すのが鉄の掟（おきて）っ」

「そうだった」

「大変、時給減らされちゃう」

「そんなことされたら、ハゲを脅すっ」

にぎやかに笑いながら、三人はタイムカードが置かれた廊下のほうへ歩いていく。その後ろ姿を眺めて溜め息をついた由喜美が、面倒くさそうな顔で麗を見た。

「麗ちゃんもさ、辞めるんならなにも義理堅く終業時間までいることないんじゃないの？」

「え……？」

「消化してない有給だって溜まってるんだからさ、休んでもよかったし専務にメールしてすぐ帰ってもよかったんだよ。ほんっと、最後まで真面目だよね。もういいから、帰んなよ」

表情そのままに声まで面倒くさそうだ。少し怒っている気配さえある。辞めるとわかって気分を悪くしたのだろうか。

由喜美は基本的に〝我関せず〟なタイプなので、誰かが辞めると聞いても機嫌が悪くなったところなど見たことがなかったのに。

そんなに考えたことはなかったが、由喜美には嫌われていたのかもしれない……。

「そう……ですよね。帰ってもよかったですね」

素直に同意して苦笑いをする。やれやれと首を横に振り、由喜美は自席へ戻ると「ちょっと休憩」とスマホを持ってオフィスを出ていった。

彼女が戻ってきて、まだ麗が律儀に仕事をしていたらまた機嫌が悪くなるだろう。気まずくなるくらいなら、本当に今すぐ帰ってしまおうか。

両親に見つかる前に会社を出たい。しかし専務か常務に「帰ります」のひとことを入れなくてはならないだろう。ただ、そのメールをすぐに見られたら両親も麗の行動に気づく。

それならいっそ、今日いっぱいで退職すると言ってあるのだから、なにも言わずに帰ってしまえばいいのでは。挨拶もしないで帰ったといやな顔をされても、もう気にする必要はないのだから。

いささか礼儀を欠いた行動ではあるが、それしか方法はない。

しかし……会社を出ようとしたときに見つかったら……。

「麗ちゃん」

小声で呼びかけられ顔を向けると、冴子が真横で真剣な顔を近づけてきた。

「私物、バッグだけでしょう？　それ持って、奥の倉庫にかくれよう。終業時間になってご両親が迎えにきたら、私が『もう帰りましたよ』って言ってあげるから」

　言葉が出そうになって口を開くと、冴子が「シッ」と人差し指を立てた。

「私は終業時間まで残業して、麗ちゃんはすでに帰っているって伝える。ご両親がいなくなったのを確認したら、倉庫に麗ちゃんを迎えにいく。そしたら二人で帰ろうね。ほら、早く、バッグ持って。パソはそのままでいいよ。私が電源を落としておくから」

　急かされてデスクの足元に置いているバッグを持つ。せめてオフィスを出るときには挨拶くらいしたかったが、そんな余裕はなかった。

　冴子に付き添われ、バッグを胸にかかえて身をかくすようにオフィスを出る。フロアの奥には倉庫として使用している部屋があり、使用済みの資料や処分前の伝票の控えなどが保管されている。物を運びこむ以外に人は来ないので、身をかくすにはうってつけだろう。

「うわぁ、埃っぽいなぁ」

　倉庫の電気を点けて中に入ると、冴子が軽く咳をして文句を言う。壁側に積まれた段ボール、スチールキャビネットにはファイルが詰まっていて、その上にも紐でくくった紙束が置かれている。

　倉庫とは名ばかりで物置のようなもの。窓はあるが段ボールで半分ふさがっているし、換気なんていつしたのかわからない。

　蛍光灯は一本しか点かなかったが、窓から外の光が入ってきて室内はほどほどに明るかった。

「終業まで一時間くらいだから、ちょっとかわいそうだけどここで我慢していてね」

腕時計を見ながら、冴子が中央に置かれたテーブルのパイプ椅子を引く。埃をかぶっていて座れそうにもないが、ハンカチでも敷けばなんとかなるだろうか。

「冴子さん、ありがとうございます。すみません、ご面倒をかけて」

「そんなことないよ。ご両親が来ているって聞いて麗ちゃんが真っ青になっていたから、会いたくないのかなって思ったの。なにかあるならかわいそうだし。それでかくれてようって言ったんだけど……。よかった、勘違いじゃなくて」

とってつけたような言い訳に聞こえた。麗から両親の話など聞いたことがないのに、逃げる手助けをしたことを不審がられたら困ると思ったのだろう。

自分が那智の協力者だと明かしていない手前、知っているような話しかたはできない。ここまでしてくれるのだ。もうかくさなくてもいい。お礼を言っても構わないだろう。

「いいんです。冴子さんは、わたしと両親の事情をご存じなんですよね。わたしのことを伝えてくれたり……見ていてくれていたの、知っています」

勝手に那智が話したのだと思われないよう、できるだけ言葉を選ぶ。あとはお礼を言えればいい。麗は笑顔で顔を上げた。

「だからわたし冴子さんには……」

「知ってたの……？」

――お礼の言葉は、出てこなかった……。

「知ってたの？　……私がしていたこと」

冴子が眉を寄せ、表情に険をみなぎらせている。先ほどまでの彼女とは別人のようで、麗は思わず身体を引いた。

「知ってるなら、なんでついてきたの？　親が帰るまでかくれてようなんて嘘だってわかるでしょう。それとも嫌みでも言いたかったの」

「え……？」

なにを言っているのだろう。話が嚙み合わない。麗が思っていることと冴子が思っていることは、まったく別なのではないか。

「常務にいろいろ密告してたの、どうしてわかったの？　あんたの親にでも聞いた？」

一気に臓腑(ぞうふ)が冷えた。大きく身体が震え逃げるように後退する。脚がテーブルにぶつかり、衝撃でバッグを落とす。天板についた片手が埃の層を掻き、ざらりとした不快な感触が広がった。

「やっぱり嫌みを言うためについてきたんでしょう。だって、仕方がないじゃない。あんたのこと見張って、なにかあったら報告しないとクビにするって言われたら、やるしかないじゃない」

「そんなことを……言われたんですか」

「あんたみたいな親に守られてるだけのお嬢さんにはわからないでしょうけど、結婚して仕事を辞めると、再就職大変なんだから。ここを辞めるときは解放されると思ったけど、ここで働いたってなんのスキルもつかないから他のところで働けないいんだよ。仕方がないからまたパートで入った。ここでクビにされたら、もうどこにも行けないじゃない」

改めてゾッとした。どうしてこんなところにいるのかと、麗を問い詰めた人たちが頭をめぐる。一緒に辞めようと言ってくれた人もいたけれど、すでに麗はグレーな空気に染まりきっていて、まともに考えることはできなかったのだ。

両親がここへ入社させたのだって、〝ここ以外で働けなくする〟のが狙いだったのではないか。

そうすれば、ずっと麗を支配できるから……。

「常務から、麗ちゃんを引き留めておけってメールが入ったから……。おかしな親子関係だなとはずっと思ってたけど、恨まないでよ？　私だって、自分を守るのに必死なんだから！」

冴子は踵を返し倉庫を飛び出す。追いかける間もなくドアが閉まり、ガチャリという音が響いた。

「冴子さん！」

　ドアに駆け寄りドアノブを握る。やはり施錠されてしまっているらしくドアは開かなかった。

「開けてください！　嫌みなんか言いません、だって、冴子さんだって被害者じゃないですか！　冴子さん！」

　片手でドアノブを揺らし、片手でドアを叩く。冴子はドアの外にいるだろうか。もう行ってしまっただろうか。

　麗は引き続きドアを叩き続ける。冴子がいないとしても、こうしてドアを叩いていれば誰かが気づいてくれるのではないか。いくらあまり人が来ない場所だとはいえ、ずっと物音がしていれば誰かが気づくはずだ。

　両親が会社に来たことを那智に連絡するのが一番いいのだが、スマホは父親に壊されてしまった。今日か明日にでも新しいものを選びに行く予定だったのだ。

　しばらく叩き続けるが、ドアの向こうからは冴子の声どころか物音ひとつしない。

「……冴子さん……」

　胸が苦しい。まさか麗の様子を探っていたのが冴子だったとは。

　なにかあれば常務に報告し、そこから両親の耳に入っていたのだろう。常務のお気に入りだからというだけで由喜美を疑っていた自分が恥ずかしいし、由喜美に申し訳がない。

　思えば昨日、麗の元気がない原因は彼氏と喧嘩をしたせいかと聞かれ、喧嘩をしたことはないと答えた。それを父親が知っていたのは、冴子から常務へ、常務から父親へ伝わったからだろう。

先入観で由喜美を疑ったが、由喜美は「だって、ドア開いてたし。麗ちゃんが彼氏のことで悩むなんて感慨深い、とか言ってるから、つい喰いついちゃった」と言っていた。冴子が「感慨深い」と言ったのは、喧嘩をしたことはないという話題のあとだ。

麗が言った言葉を間違いなく伝えられたのは冴子だけ。彼女は味方だという思い込みがあったばかりに、本当に疑うべき人間に気づけなかった。

(由喜美さん、ごめんなさい)

自責の念に駆られつつ、ドアを叩き続ける。——と、外側からドアノブを押さえる気配がした。

ハッとして手を離す。ガチャっと、解錠される音。もしや冴子が戻ってきてくれたのではないか。期待を込めつつじりっと後退する。

ドアが開き……。

「麗ちゃん、お迎えにきたわよ」

——最悪の笑顔が見えた。

そこに立っていたのは、勝彦と峯子だ。

まるで昨日のことなどなかったかのよう。いつもの生真面目な顔と無駄なくらいの笑顔がそこにある。

「波多さんがね、終業時間前だけど連れて帰っていいって。一緒に帰りましょうね。今日こそ、ママのハンバーグを食べてちょうだい」

峯子が手を伸ばして麗に近づいてくる。反射的にその手を振り払った。

「帰らない……。わたしが帰るのは、あの家じゃない」

わずかに声は震えたが、麗は拒否を口にする。

「お父さんもママも、もうわたしに構わないで……。わたしは、わたしの意思で生きていきたい」

「……なに言ってるの」

振り払われた手を宙で止めたまま、峯子が口を出す。表情は笑顔のままだった。

「構わないで？　わたしの意思？　そんなもの、おまえにあると思っているの？　おまえが持っていいと思っているの？　相変わらずの馬鹿。ママがいなくちゃご飯も食べられない、着る服さえも選べないくせに。親に管理されないと生きていけない子どもが。あまり生意気なことを言っているとお仕置きよ。ねぇ、パパ」

顎を上げて麗を見くだす勝彦が大きくうなずく。峯子は変わらず笑顔だが、その顔がただの笑ったお面のように見える。

「わたしは、自分で食べたいものを食べて、着たい服を着る。お料理だって好きだし、自分の管理くらいできる。わたしは小さな子どもじゃない」

峯子の顔から笑みが落ちる。以前までならぞわっとして全機能が停止していたが、今は、シッカリと呼吸をして考えられる自分を感じていた。

「お父さんは、わたしをいつでも自分の言うとおりにできる物みたいに思ってるし、ママは自分の言うことを聞く人形みたいに思ってる。だから、自分たちの考えが及ばないことをわたしがすると、非人道的な行動に出る。昨日みたいなことだって……普通はしない。あんなこと、普通じゃない」

「うるさい！　しゃべるな！」

とうとう峯子がいやな声をあげる。目を剥いて鼻息を荒くした。

「生意気な口をきくな！　そういう態度は大嫌い。ああっ！　イライラする！」

「イライラするなら、イライラさせるわたしになんか構わないで。他に夢中になれるものを見つけてよ！」

「しゃべるなと言われたのがわからないのか、このっ、家畜が！」

怒髪天を衝く勢いで勝彦が怒鳴り、麗に向けて手を振り上げる。――しかしその手は麗に触れることなく取り押さえられた。

「いけませんね。暴言を吐いたうえに暴力ですか。実に見苦しい」

勝彦がぎょっとして目を剝くが、麗も驚いた。振り上げた手を摑んだのは那智だったのだ。

「麗はあなたたちのもとにはやりません。彼女も言うとおり『他に夢中になれるもの』を見つけてください」

そう言った直後、那智の表情がストンッと落ちる。

「――それとも、監禁と暴行で検挙されないと考え直すことはできませんか？　それでもよろしいですよ。いますぐその手続きを踏んで差し上げます。幸い、麗が拘束された状態の証拠も撮ってある。言い逃れはできませんよ」

昨日と同じだ。那智の威風堂々とした態度に圧倒され、勝彦も峯子も動けなくなっている。

勝彦から手を離した那智は麗に歩み寄る。落としたバッグを拾い上げ、麗の手を取った。

「どこをさわったんです？　埃だらけだ。洗わせてあげたいところですが、ここから出るのが先です。少し我慢してください」

おだやかに言う那智にうなずくと、彼は自分のハンカチで麗の手を拭いてくれた。そのまま手を引いて倉庫を出る。

「ビルの前に車を停めてあります。階段で下りましょう。脚は震えていませんか？　大丈夫ですか？　抱っこしてあげましょうか？」

最後のところで笑いがこぼれた。正直なところは抱っこしてほしかったのだが、ここでそれをお願いするのも照れくさかったし、なんといっても両親と対峙しても大丈夫だったという自分を見せたかった。

「大丈夫です。歩けます」

「よろしい」

彼は微笑んで、ゆっくりとうなずく。麗の変化を認めてくれた気がして、なんとなく自分が誇らしくなった。

手を引かれたまま階段を下りる。会社のフロアは二階なので、エレベーターより手っ取り早い。下りながら、麗は一番の疑問を口にした。

「那智さん……ここへはどうして……」

「協力者の方に教えてもらいました。会社に麗の両親が来ていて、連れて帰られる前に『帰りな』とは言ったけど不安だから迎えにきてやってくれと連絡がきたんです。ちょうど外出中だったので、すっ飛んできました」

「まさか」という思いが巡る。

麗に「帰りなよ」と言った人物は、ひとりしかいない。

「那智さん、協力者って、もしかして……」

違うかもしれない。今までの関係性で考えれば、もっとも可能性からは遠いのに。状況的には、もっとも可能性に近い。

「……由喜美さん？」

両親が来ていると聞いて麗がおびえていると悟ったから、事情を知らず盛り上がっているパートの三人を遠ざけてくれたのだろうか。

連れ戻しにくる前にさっさと帰ったほうがいいと思ったから「ほんっと、最後まで真面目だよね。もういいから、帰んなよ」なんて突き放すような言いかたをしたのだろうか。

怒っているように見えたのは、焦っていたからかもしれない。

あのあとスマホを持って休憩に行った。そこで、那智に連絡を入れてくれたのだ。

なんということだろう。常務に密告していたなんて嫌疑を、一番かけてはいけない人物だった。

「麗の先輩なんだろう？　ちょっと事情がある女性だから、頼めば協力してくれるだろうと思って話を持ちかけた。胸を叩いて引き受けてくれたよ」

「事情……？」

「あの会社の常務の娘なんだ。高校生のときに離婚した母親についた。父親のほうは娘がかわいいらしくて、特別待遇で入社させたようだ」

「娘っ⁉」

ここにきてとんでもない事実発覚である。しかし、波多が差し入れと言っては由喜美の好きなものばかりを持ってきたり、なにかと構いたがっていたのも、娘だからだと思えば腑に落ちる。

人には言えない関係なのでは……などと疑ってしまったが、大きな間違いだった。

娘であることを由喜美がかくしているのだから、ある意味、人に言えない関係、というのも間違いではないのかもしれないが……。

「父親のほうはかわいがっていても、娘のほうはどちらかといえば煙たがっているようだ。馴染みのバーでよくくだを巻いているそうだからね。『あのクソ親父、いつかあの会社のっとってやる』って」

スケールが大きい。

しかし、由喜美なら本当にやりそうだとも感じた。

「本人には許可をとった。麗は今日付で退職だし、いろいろ協力したことを言ってもいいと言ってくれたよ。彼女、人助けなんて自分のガラじゃないから、麗に知られるのが恥ずかしかったそうだ。でも、麗のことはとても褒めていた。優しくて真面目で頑張り屋だって。消極的だから構ってあげたくていろいろしていたけど、ウザかったろうなって笑っていたよ。ん～、こういう性格、なんていうんだったかな。篠山さんに教えてもらったんだけど……。ああ、そうだ、ツンデレっていうんだろう？」

早くここから出たいのに、今すぐ引き返して由喜美にお礼が言いたい。そして、いろいろと誤解をしていたことを、謝りたい。

「お礼……言いたいです。由喜美さんに」

「彼女の馴染みのバーは押さえてあるから、そのうち偶然を装って行ってみようか。彼女、お酒が入るとツンデレみがなくなって素直らしいから、話しやすいんじゃないかな。麗からのお礼も、きっと素直に受け取ってくれる」

「はい……」

冴子の件で寂しい気持ちにはなったが、由喜美の話で十分に挽回した気がする。

ビルの前に出ると那智の車が停まっていた。運転席から出てきて顔を見せたのは梓だ。

「怪我はないですか？　病院へ行く必要は？」

麗に歩み寄り、気遣いながら那智に問いかける。

「怪我は大丈夫。寸前で防いだ。病院は必要ない」

那智が答えると梓はホッとして微笑み、後部座席のドアを開けて麗をうながす。

「承知いたしました。検事はこのまま直帰なさってください。私は最寄り駅で降りて庁へ戻ります」

「そんなこと言わないで、庁まで乗っていきなさい」

「結構です。麗さんが一緒で、検事がデレデレしている姿なんか見ていたら笑いだして止まらなくなってしまいそうなので。早々に退散いたします」

「そうか。わかった」

そこで納得するんですか。麗は大いに突っこみたいところだが、違うことが気になって慌てて口を出す。

「あのっ、すみません、やっぱりお仕事中だったんですよね？」

いくら由喜美から連絡が入ったとはいえ、仕事中に来てくれたのだ。これは梓が言っていた「仕事の邪魔をするな」にあたるのではないか。

が、これに関しては梓本人が答えてくれた。

「麗さんを救出するのも仕事です。麗さんは今、監禁傷害事件の被害者ですから。ご心配なく」

「はい……」

雰囲気も柔らかく、人あたりがとてもいい。昨日の朝とは大違いだ。

思ったことが顔に出てしまったのかもしれない。梓は軽く咳ばらいをすると、申し訳なさそうに微笑んだ。

「昨日は……きつい言いかたをしてごめんなさい」

「あ……いえ、そんな……」

困惑しつつ那智を見ると、彼も微笑んでうなずく。おそらく、麗がどういう事情を抱えているのかを梓に説明してくれたのだろう。

ほわっと、気持ちが軽くなったときだった。

「死んでやる！」

一気に神経を逆なでする金切り声が響いたのである。

「死んでやる！　おまえのせいだ！　おまえが苛つかせるから悪いんだ！　おまえのせいで死んでやる！　死んでやる！　死んでやる!!」

　ビルから飛び出してきて物騒な言葉を連呼しているのは峯子だ。倉庫で那智の迫力にやられたあと、我に返って追いかけてきたのだろうか。

　遅れて勝彦が出てくるが、見たことのないような困り顔をしている。父がこんな顔をしてしまうほど、峯子の癇癪（かんしゃく）はひどくなっているようだった。

「わかりました。素晴らしい提案をしましょう。絶縁しなさい」

　そんなものには感情を動かされることなく、那智は冷静に言葉を出す。なにを言われたのかわからなかったのか、峯子は眉間に深いしわを寄せて黙った。

「麗さんがあなた方の娘であることが、あなた方を苛つかせる原因だ。娘がいなければ苛つく必要も支配しようと欲が動くこともない。絶縁しなさい。親子の縁というものを、実質的に断ち切ってしまえばいい。手続きはこちらで手配しましょう」

　那智が梓を見ると、彼女はすぐにうなずく。

「どちらの先生に？」

「智琉のほう」

「承知いたしました。庁へ戻りましたら、依頼しておきます」

　背中を押され、那智とともに後部座席に乗りこむ。梓が運転席に座ると、ほどなくして車が走り出した。

ビルの前に立ちすくむ両親を、麗は見えなくなるまで見つめる。

こんなにも両親が小さく見えたのは、初めてだった。

両親と実質的な絶縁をするための手続きがはじまった。

那智が「実質的に」を強調するわけは、どんな手続きをとろうと、実の親子というものは縁を切れないからだ。

ただそれは「法的に」縁が切れないのであって、「実質的に」縁を切ることは可能だ。

そのためにしなくてはならない手続きは複数あるが、まずは麗の籍を春野家の戸籍から抜く、分籍という手続きからはじまった。

この件を担当してくれたのが、那智のすぐ下の弟、個人事務所を持っていて、家業を継ぐようにしばらくうるさく言ってしまったから嫌われているだろうなと那智が笑っていた、久我智琉(さとる)弁護士である。

那智が表情を落としたときの雰囲気に似た人で少々毒舌気味だが、とても頼りになる人だというのが伝わってくる。

なによりパラリーガルの女性がとてもいい人で気が合ううえ、行くたびに出てくる焼き菓子がとても美味しい。

——のちに、この女性が久我弁護士の妻であると聞かされた。

実質的にでも春野家と縁が切れるのなら、無関係になれるのなら、それで十分だ。

麗の意思で、あの二人を罪に問うのはやめにした。そんな手続きをとれば、解決するまでのあいだ、かかわりが切れないし精神的苦痛が続く。

それくらいなら、すぐにでも無関係になりたかった。

仕事を辞めても、毎日いろいろと慌ただしい。那智はやりたい仕事があったらチャレンジしてもいいと言ってくれたが、しばらくは考えられないかもしれない。

それでも、せっかく幼いころからの拘束から解放されたのだから、なにかにチャレンジしたい考えはある。自分の意思で決められることが増えるのだと思うと胸が躍る。

そうしているうちに、麗の選任手続期日がやってきた。

裁判所に赴き、たくさん集められた裁判員候補者に交じって話を聞く。ここからの流れや、裁判員に選ばれたら担当する裁判の概要である。

今回の裁判は、殺人事件。それも、親の過干渉で苦しめられ続けてきた二十歳の娘が両親を刺殺したというものだ。

被告の女性と麗の状況にはリンクするものがある。

裁判員裁判は、事件関係者の身内や事件内容と似た経験を持つ人は参加できない決まりがある。説明のあとに行われる、裁判官、担当検事、担当弁護士との面接で、麗は同様の経験があると正直に申告した。

「ですが、同様の経験があっても、それは必ずしもマイナスではないと思うんです。もし裁判員に選ばれたら、全力で被告女性と亡くなったご両親との関係を、考えてみたいと思っています」

裁判員は公平にクジで選出される。これに関しては運次第だが、裁判官たちのほうで適さないと判断した候補者を、あらかじめクジから外すらしい。

同様の経験があることで麗は外される可能性が大きかった。

だが外されることはなく、クジ運もよく、裁判員に選ばれたのだ。

公判予定は三日間。この三回の法廷で審理に立ち会い、選ばれた裁判員たちは裁判官とともに評議し、有罪か無罪かを決める。

親を手にかけた娘に反省の色が見られないこともあり裁判員たちの意見は厳しいものが多かった。

どんなに虐げられていた事情があろうと、人の命を奪ってはいけない。それを頭に置いたうえで、麗はひとつ、厳しい意見を出した裁判員たちに問うた。

「もし彼女に、救済や安らぎを与えてくれる人がいたなら、今回の惨劇を止められたかもしれないとは思いませんか？　それは友だちでも、会社の同僚でも、恋人でも、誰でもいい。

被告は、そんな人と巡り会う余裕さえ搾取されていたのではないでしょうか」

──この被告は、わたしだ……。

もし那智と出会えていなければ、運命の人を見つけられていなければ、この女性と同じことをしていたかもしれない。

麗の何気ない問いかけが功を奏したのかはわからない。

判決の宣告では、検察側が主張した重刑を免れ、被告に執行猶予がついたのだった。

＊＊＊＊＊

「兄さん」

耳ざわりのいい声がした。

慣れ親しんだ声だ。昔から、那智が愛しみ信頼を置いている〝家族〟の声。

「やあ、智琉」

スマホから目を上げて顔を向ける。少々不愛想な男前が目の前で立ち止まった。

「法廷にいないと思った。麗さんを見守ってやらなくてよかったんですか。今日は判決の日なのに」

にこりともしないが、機嫌が悪いわけでも怒っているわけでもない。これがいつもの彼なのだ。

スーツの襟には弁護士バッジ。麗の絶縁手続きを担当した、久我智琉弁護士。那智の弟、仁実の兄、である。

裁判所のロビーで椅子に座っていた那智は、腕時計に目を走らせる。麗が裁判員として参加した裁判も、もう終わったころだろう。公判は予定どおり三回行われ、前の二回は傍聴したが、今回は法廷には足を運ばなかった。

「智琉は行ったのかい？　どうだった？　判決はどうだった？」

「執行猶予がつきました」

「……検察側は、控訴した？」

「兄さんなら、どうします？　被告には後悔も反省の色もない。親を手にかけた自分を間違ってはいないと信じている。精神鑑定の結果も、責任能力は問題ないと出ている」

「いやな聞きかたをする。智琉とだけは法廷であたりたくないって心から思うよ」

「お互い様ですよ」

刹那、兄弟は無言になる。それでも、考えていることは同じだった。

「私なら控訴する」

「でしょうね。おそらく、二審でひっくり返されるでしょう。担当弁護士は知人なんですが、彼も諦めていますよ」

「二審三審で判決がひっくり返る。裁判員裁判では珍しくもない。国民参加なんて謳っているが、普段法に触れていない者に、六法全書に則った判断は難しい。どうしても感情判断が混じる。二審で執行猶予がそのまま適応されるかは、難しいな」

「麗さんは、執行猶予賛成派でしょうね」

「そうだね」

「わかっていて、今回の裁判に臨ませた。麗さんにとっては鬼畜の所業ですよ。相変わらず〝いい人〟の仮面をかぶったままやることが辛辣でズルくて性悪ですね」

「……智琉は、相変わらず愛想のない顔のまま辛辣なことを言うね」

いくら辛辣な言葉を口にしても、智琉は真実を違えることはない。だとすれば、やはり那智は辛辣でズルくて性悪だということになるのだろうか。

「でも、そんな那智でも、私は大好きだよ」

いつの間に近づいてきたのか、仁実が智琉のうしろから顔を出す。

「麗ちゃんが選ばれた公判内容を知っていたのに、知らないふりして直面させた意地の悪いところとか大好き。毒親殺害事件だよ、どうして止めてあげなかったのさ。麗ちゃんのトラウマがフラッシュバックする可能性を考えなかったの？」

どうやら弟ふたりは、兄の恋人に対する扱いに文句を言いにきたらしい。それもおそらく、示し合わせて来たのではないだろう。智琉と仁実は考えかたが似ているほうではないが、やはり兄弟だと思うほかない。

愛想のない次男と、社交的だが自分一番の三男。それでも、家族兄弟を大切に思ってくれる優しい弟たちであることを、那智はよく知っている。

常に優しく〝いい人〟の仮面をつけ続けている那智も、そんな家族兄弟にだけは力を抜いた自分をさらすことができる。

そして、麗にも……。

「フラッシュバックしそうで怖いなら、麗は類似の経験があると申し立て、辞退を願い出ていただろう。だが、麗は自らそれに立ち向かった。素晴らしい覚悟だと思わないか。……自らのトラウマに立ち向かうことを、自分で決めたからこそ意味がある。俺が助言してはいけないことだ」

弟ふたりが苦笑する。兄の性質をわかっているからこその笑みだった。

「スパルタだな。……俺も、兄さんと同じ考えですがね」

智琉が同意すれば……。

「そういう那智、私は大好きだよ。那智は自分に厳しいけど家族には優しいからね。麗ちゃんにもそうでしょう？　愛あればこそのスパルタ、結構じゃない」

仁実が賛同する。

そんな弟ふたりに「俺の弟はかわいいな。……麗の次に」と心の裡で歓喜する那智なのである。

兄弟がそろった場で麗のことを思いだし、少々口元がゆるんでいたのかもしれない。仁実が那智の顔を覗きこみ、冷やかすように口角を上げた。

「なーに？　嬉しそうな顔しちゃって。那智がこんな顔するようになるなんてね。麗ちゃんのおかげだなぁ。しあわせですかー、那智せんせっ」

「もちろんだ。麗は俺の〝運命の相手〟だから」

まさか我が兄が惚気るとは思わなかったのだろう。仁実は智琉と那智を交互に見比べ、両手のこぶしを縦に振りながら駄々をこねる。

「あーっ、もうっ、羨ましいっ。私も恋人欲しいなぁっ。ってか、いいかげんお嫁さん欲しいっ。三十路も超えたしっ」

「おまえはまず、いいかげんひとりに絞れ」

「ちょっ、智琉、人をタラシみたいに言わないでよ」

「間違ってないだろう」

「昔の話だからね、今は違うからねっ。だから美雪ちゃんとデートさせてよ」

「うちの事務所の事務員に手を出すなっ」

ふたりが喧々囂々していているのを眺めていると、那智のスマホにメッセージが入る。開くと麗からだった。

〈終わりました。頑張りましたよ！〉

メッセージの文字を見ているだけで、麗が嬉しそうに笑っているのがわかる。

やり遂げた充実感をもっともっと伝えたいけれど、どんな言葉にしたらいいだろうかと考えるあまり、思いつかなくてパタパタしているのが伝わってくるようだ。

（かわいいな、麗）

おだやかな気持ちでいっぱいになる。那智は心の裡で麗に話しかけた。

（こんなことを言ったら、信じてくれるか、麗。……最終電車で君が乗ってきたとき、俺の隣に座ったとき、俺は、今まで感じたことのない安心感を得た。知っているものとは違う種類の安心感だった。君は俺を運命の人だと言ってくれたが、俺も、君を運命の相手だと感じていたのかもしれないな）

法曹一族、大手法律事務所の長男。親族や学校関係だけではなく、法曹界においても、有能な那智にかけられた期待は大きいものだった。

おまけにこの整いすぎた容姿のおかげで、幼いころから人間不信になりそうな誘惑も多かったのだ。

人生をうまく立ち回るため、那智は表面上おだやかで落ち着きのある人柄を装っていく。

他人に対しては、常に〝いい人〟の仮面をつけるようになった。

気持ちを許して自分を出せるのは、一緒にいて安心できる家族だけだったのだ。

麗には、早い段階から素を見せることに躊躇がなかった。それが那智の好意の表れであると、麗は気づいていなかっただろう。

メッセージの通知音が再び響く。

〈頑張ったご褒美がほしいです。頭ポンポンしてください！〉

もしかして、先のメッセージを送ってから今まで、ご褒美の内容を考えていたのだろうか。

（頭ポンポンなんて、普段からしてるだろう）

愛しさが湧きだしてきて、笑みが漏れる。それを見逃さないのが仁実である。

「なーに？　ニヤニヤしてー。わかった、麗ちゃんからだな？　見せてー」

ひょいっと覗きこんでくる仁実に「はい見せた」と言いながらスマホの画面を顔に押しつけ、すぐに引っこめる。もちろんこれでは見えるはずがない。「けち〜」とふくれる弟を笑っていなす。

（ご褒美か……）

考えてすぐに頭に浮かぶ。

――最高のご褒美を、思いついた。

＊＊＊＊＊

裁判員としての役目が終わったその日、那智も早く帰ってくるというので夕食の支度をして彼を待った。

裁判が終わって彼に連絡を入れた際、事件内容のせいもあって疲れたのか、妙に優しくしてもらいたかった。

しかし自分から「優しくされたいです」と言うのも恥ずかしいし、もしかしたらベッドのなかで優しくされたいという意味にとられるかもしれない。……それでもいいような気もするが。

迷った挙句出たのが「頭ポンポンしてください！」だったのだ。

那智からの頭ポンポンは嫌いじゃない。ひとまず満足である。

――しかし、那智からのご褒美は、頭ポンポンだけではなかった。

「はい、もうひとつ、ご褒美」

頭をポンポンしてくれながら那智が差し出したのは、国内有名アパレルブランドのショップ袋。

「麗が欲しがってたやつ。私のセレクトだけど絶対に似合うと思う」

どうやら洋服のようだ。すぐに見たかったのだが、夕食を先にしてから着てみせる、ということで話がついた。

那智も同じ気持ちだったのだろう。ふたりとも食事を終えるのが早かった。

私物を置くのに使わせてもらっていた部屋は、いつの間にか簡易デスクやらお洒落なラックやらローテーブルやらが入って、すっかり麗の部屋になっている。後片づけもそこそこに、ウキウキしながら洋服を出して着替えた。

「那智さん……あの、着てみました……」

控えめに言いながら部屋を出て、おそるおそるリビングのソファに座る那智に近づいていく。

着替える前はかなり浮かれていたのだが、着替えてからは緊張が大きい。似合っているか心配でたまらないからだ。

那智が買ってくれたのは、ブラウスとスカート。

ブラウスは五分丈の袖と襟にクロッシェレースが入っていてとてもかわいらしい。スカートはハイウエストのセミタイト。ライトパープルで春らしく、ブラウスにも合っている。

どちらもひと目で気に入った。那智は麗が気に入る洋服をよくわかっている。

ただ、ひとつ問題があるとすれば、……スカートの丈だった。

「どうですか……？　ちょっと、短すぎますか……？」

短いのだ。スカートが。これは、太腿丈というものではないか。

麗の全身を眺めた那智は、真顔で親指を立てる。

「最高。麗が短いスカートを欲しがっていたのを思い出して選んだんだが、似合いすぎる」

欲しがっていた、というか、チャレンジしてみようかと思った覚えはある。しかしこれだけ短いスカートは、自分で買おうにも決心がつかないだろう。

那智が麗に似合うと考えて買ってくれたのだと思うと、少し自信がついてくる。

「かわいいですよね、今度お出かけに着ようかな」

「それは駄目」

「はい？」

「ブラウスはいいけど、スカートは駄目。それは家で俺を待っているとき用」

至極真剣な表情で言われてしまった。しかしせっかく那智が買ってくれた洋服だ。ふたりでお出かけするときに着たい。

「那智さんとデートするとき、着たいです」

「それはそれで別のものを買ってあげる。スカートは膝下で。膝上は家用。決まり事に追加しよう」

「もしかして……脚が出すぎていてみっともないからですか？」

「逆っ」

片手で握りこぶしを作り、那智がソファから立ち上がる。

「ものすごくかわいいからっ。悪いけど、俺以外には見せないでくれ」

ちょっとぽかんとしてから、笑いが漏れる。クスクス笑っていると那智に抱きしめられた。

「なんか、那智さんらしくない発言」

「俺もそう思う。でも、こんなふうになってしまうのは麗に対してだけだ」

とても嬉しいことを言われてしまった。ご機嫌で抱きつこうとしたが、その前に左手をとられ、甲に那智の唇が触れる。

手の甲にキスだなんて、まるでお姫様のよう。照れくさくなりつつ、……ふと、彼の唇が触れている場所が〝手の甲〟ではないことに気づく。

「俺が、安心して自分を出せるのは家族の前だけだ。幼いころから過度の期待にさらされて他人には表面を繕うようになった。けれど、麗の前では安心して自分を出せる。らしくない発言もできる。今日は弟たちの前で惚気てしまった」

「の、のろけ……」

真面目紳士の那智を考えれば、彼らしくはないのかもしれない。

けれど、麗の前で気持ちをゆるくおだやかにしている那智なら、ありではないだろうか。

「那智さんが、わたしに安心してくれているんだって、思っていいんですよね？」

「当然だ。麗は、俺の運命の相手だから」

胸の奥が撃ち抜かれたかのようにときめいた。頬があたたかくなって、那智を見つめる瞳がうるんでくる。

「那智さんは……わたしの、運命の人ですよ」

「それなら、こうなるのも必然的な運命だな」

那智はやっと唇を離す。――左手の薬指から。

そして、唇が触れていた場所になにかを嵌めた。

「結婚しよう、麗」

綺麗な指輪が、麗の左手薬指で輝いている。憎らしいくらいサイズもピッタリだ。

「俺は、家族にしか素を出せない。ということは、麗が家族になってくれないと困る」

指輪が嵌まった左手を右手で包み、那智に顔を向ける。少し顎が上がっただけで、頬にあたたかい小川ができた。

「分籍手続きをとった麗の戸籍には、家族がいない。俺を、戸籍上、麗の最初の家族にしてくれないか」

「那智さん……」

「ああ、最初に逆プロポーズをされていたな。もちろんOKだ。麗のプロポーズには返事をしたから、次は麗が俺のプロポーズの返事をする番」

（那智さんが……わたしの家族になる……）

意図せず嗚咽が漏れてくる。声を出して泣くなんて、記憶している限りでは初めてではないだろうか。幼いころは、怖くて声を出して泣くことなどできなかった。

「麗」

那智が麗を抱きしめる。優しく頭を撫で、ポンポンと叩いた。

「泣くほど嬉しいんだって、思っていい？」

安心できる腕のなかで、麗は何度もうなずく。泣いている場合ではない。胸の中をいっぱいにしているこの想いを声にしなくては。

「麗、返事をくれるか？　そわそわしてしまって、俺のほうが泣きそうだ」

返事が欲しくて泣きそうなんて、なんてかわいいことを言ってくれるのだろう。この人が、久我那智がそんなことを言うなんて、すごいことではないか。

聞かなくたって、ここまできたら返事なんてわかっているだろう。

それでも、那智は麗の口から返事を聞きたいのだ。麗も、返事をしたい。今の気持ちを、思いきり叫びたい。

――どれだけ、彼を好きかを。

麗は両手を那智の背中に回し、強く抱きついた。

「わたしを家族にしてください！　那智さん、大好き！　那智さんが運命の人で嬉しい！」

「俺も大好きだ」

顎をさらわれ唇が重なる。すぐに舌が絡まるが、嬉しさのせいか麗の舌も積極的に動いた。

キスをしながら足が動き、那智にうながされるまま腰を落とすとソファのコーナー部分に座ることができた。ブラウスのボタンが外され、彼の唇が鎖骨に落ちるころにはブラジャーのカップから乳房がこぼれ出ている。

「うん、やっぱりこれは、俺とふたりのときにだけ穿いてもらわないと困る」

麗の前に両膝をつき胸に吸いつきながら、那智は両手で太腿を撫でていた。立っていても太腿丈だったスカートは座ると脚の付け根近くまで上がってしまう。

「那智さんの前以外では穿きません」

「よろしい」

満足そうに胸の頂をしゃぶり乳首を吸いたてる。胸をいっぱいにする甘い快感のせいで、腰が蕩けてしまいそう。

「ぁあっ、気持ちぃ……んんっ……」

「この短さ、ちょっといいかも」

片脚を座面に上げられる。もう片方も上げられ、身体がうしろに倒れた。コーナーに座っていたおかげで両脚を座面に上げても無理がない。

おまけに脚を広げるとスカートが腰までまくれ上がってしまって、なんともいやらしい格好だ。「ちょっといいかも」と言われても返事に困る。

「那智さんっ、やらしいですよっ」

「麗の格好のほうがやらしい」

「やらせたのは那智さ……ぁあんっ」

文句を言おうとしたのに、ショーツの上から歯で秘部を掻かれ、よけいなことは言えなくなってしまった。

「那智さぁん……」

ショーツの脇から彼の指が忍び、蜜を掻くように秘裂を滑る。小さな唇の溝を擦ったかと思えば、刺激に煽られてヒクつきだした秘孔にぐにゅっと挿入した。

「やぁん……！」

蜜筒を指で擦りたてながら、彼の唇は陰核を大きく咥えて舌で押している。布一枚を挟んで与えられる刺激は、どこかもどかしくて焦れったくて、もっとしてほしいと官能を我が儘にする。

「あっ、やっ……なちさ……、ハァ、あっン、ああ――！」

秘芽をぎゅっぎゅっと吸い絞られると、あっけなく達してしまった。

「俺の麗は、かわいいうえにいやらしいな」

半裸状態で脚を大きく広げ、達した余韻でとろんとしている麗を眺めたまま、那智がシャツのボタンを外しボトムに手をかける。

恥ずかしい姿なのに、那智に眺められていると思うと腰がゾクゾクして妙に興奮した。

「那智さ……んっ……」

膣口が疼いて腰が揺れる。内腿を寄せて擦り合わせると、すぐに膝を割られた。

「だーめ。自分で気持ちよくなろうとした？」

「あ……」

那智に寝かせてもらうようになった最初のころ、無意識に内腿を擦り合わせていた。本能的にやってしまっていた自慰行為だったが、まだその癖が残っているのだろうか。

「麗を焦らすのは逆効果だな。自分で気持ちよくなろうとする」

自分自身に準備を施した那智が麗の片脚からショーツを抜く。その脚を肩に預け、腰を揺らして切っ先で秘裂を撫でた。

「ンッ……ぁんっ」

「自分で気持ちよくなってしまう麗もかわいいけど、俺ので啼いてる麗はもっとかわいい」

熱棒が押しつけられ割れ目をぐりぐりと押される。それだけでも気持ちがいいのだが、やはり求めるものが違う。

「那智さん、のが、いいっ」

「やっぱりかわいいな」

希望を口にすると、そのとおりに隘路が愛しい人の質量でいっぱいになる。ぐちゅぐちゅと体内を擦りたてていくのを感じて、麗は堪らない快感の中へ嵌まっていく。

「あぁあっ、あっ！　なち、さ……ぁあんっ！」

片脚を肩に預けられているせいか、突き上がってくる切っ先がひときわ弱い場所をぐりぐ

りと擦ってくる。快楽にうねる蜜襞が猛る雄を締めつけ、離れるなと引き留めてしまう。

「ダメ、ダメェ、……オク、……オク、ヘンになる、ぅうん、あぁっ！」

駄目と口にするのに、麗は腰を上下させて那智をねだる。快楽の虜にされてしまって、絶え間なく嬌声をあげた。

もう片方の脚も彼の肩に預けられ、激しい抜き挿しが麗を攻めたてる。快感があふれる水のように襲ってきて、もう全身がぐちゃぐちゃになってしまったかのよう。

「那智さん……那智、さ……ダメ、気持ち、よくて……もっ、あぁぁん！」

「いいよ。一緒にイこうな。愛してるよ、麗」

「なちさ……あああ！　すきぃ――――!!」

大きな快感の波が麗をさらう。熱塊が最奥で大きく震えたのと同時に、高みに押し上げられた愉悦が爆ぜた。

達したあとも、ふたりは息を荒らげたまま身体を重ね続け、ときおり唇を重ね互いの吐息を感じ合っては見つめ合う。

放出する熱、淫靡（いんび）な汗でしっとりとしたブラウスやシャツ、雄と雌が交わったあとの香りに包まれ、完全なるふたりの空間を作りだす。

快楽の余韻。それだけではない心地よさ、それを全身で感じながら、麗は那智に抱きついた。

「那智さん……大好き」

那智が麗の頭を撫で、ひたいに唇を落とす。

「那智さんに出会えて、よかった……」

背中に回した左手に右手をのせて指輪をなぞり、麗は、この幸せに酩酊(めいてい)した。

エピローグ

「で？　麗さんを騙したっていう極悪非道人は見つかったんだったか？」

久我家の父親は、ひと昔前の映画主演俳優と言われても信じてしまいそうなレベルのロマンスグレーだった。

――久我家の三兄弟を見れば見当はつきそうなものだが……。

「お父さん古いっ。そんなん私がとっくに見つけ出してるから」

仁実が胸を張ると、その胸を手の甲でバンッと叩いてカラカラ笑ったのが、久我家の母親である。

「仁実のことだから、ムチャクチャ搾り取ったんでしょう？　こーの、悪徳弁護士がっ」

「ちょっ、おかーさん、やめてよそれっ」

「いいのいいの、依頼人至上主義なところが、仁実のいいところだよ」

落として上げる。非常に明るい母親だが、ひと昔前の映画主演女優と言われても信じてしまいそうなレベルの美人だ。

――久我家の三兄弟を見れば……以下略。

今日は、結婚報告を兼ねて、久我家の両親、プラス次男夫婦と三男で食事会である。

――プロポーズを受けて間もなく、麗は那智と入籍した。

結婚式などの予定はまだ立てていないが、那智は麗にミニスカートのウエディングドレスを着せたいので、ぜひやりたいと張りきっている。

洋風居酒屋の個室。次男に先を越された長男の結婚というシチュエーションのせいもあるのか、両親には会ったとたんに両手を握られ「うちの長男をよろしく！」「お嫁さんになってくれてありがとうね！」と言われてしまった。

大きなテーブルを七人で囲み、メニューを片っ端から注文していったせいでのりきらず、補助テーブルを出してもらってそこに置くという状態。

バイキングレストランにでも来た気分である。

「智琉はあっちのほうを担当したんでしょう？　智琉のことだから心配はしていないけど、あっちは大丈夫なの？　ごねてない？」

母親が「あっち」という言いかたをするのは、春野家のことである。両親と実質的な絶縁手続きをしたが、春野家から異議は出されていないかと聞いているのだ。

春野の名前を出せば麗が気にすると気遣ってくれているのだろう。麗自身はすっかり踏ん切りがついているので、少しくらい話題に出されても大丈夫なのだが。

「あの人たちはやっていたことがやっていたことですから。兄さんにかなり脅されたみたいで、おとなしいものです。そのうちペットでも飼いはじめるんじゃないでしょうか」

智琉の隣に座っている妻の杏梨が「これ美味しい。簡単そうだし、わたしでも作れそう」と独り言を言った瞬間、智琉に「俺が作るから、絶対やめろっ」と止められた。

あまりの素早さがおかしくて、麗はアハハと声を出して笑ってしまう。

「嬉しい。素敵な家族がたくさんできて」

並んで座る那智が麗の頭をポンポンっと叩く。彼と顔を見合わせて微笑み合うと、仁実がやってきて麗の頭を撫でる。

「私も嬉しい。麗ちゃんみたいなかわいいお義姉さんができて」

しかしその手は、すぐに那智によって撥ねのけられた。


人気のないホームでそよぐ風を感じる。

食事のあと飲みに行き、那智とふたり、久々に終電での帰宅である。

「でも、本当に嬉しい。久我家の人たち、みんないい人で」

「麗にそう言ってもらえてよかった」

那智が麗の肩を抱く。電車が入ってきて、肩を抱かれたまま乗りこみ、無人の車両にふたり並んで座った。

ふたりが出会った駅。出会った終電。彼に寄りかかって安心感をもらった席。

「幸せ……」

――那智さんに、出会えてよかった。

「麗に出会えてよかった」

考えていたことを那智に言われてしまい、麗はふっと微笑む。

運命の人と出会った日を想いながら、最愛の人に寄りかかり、今の幸せを感じた。

END

あとがき

物語の最初のほう、麗はいろいろと諦めていて前向きじゃないんですが、那智に出会ってからどんどん変わっていきます。もちろんそれは、彼に気持ちをもらって自分を変えていこうと前向きになっていくから、ですが、物語的に言っちゃえば「愛の力」だったりしますよね。でも、麗が前向きになっていける基本的なパワーは「十分な睡眠」ですよ。人間、十分な睡眠が不足し続けると身体も脳もメンタルもやられますから。なにが言いたいかというと「睡眠大事！！！！！」……と、自分に言い聞かせながら書いたお話でした。

担当様、今回もありがとうございました。検事ヒーローを書きたかったのでＯＫをいただけて嬉しかったです！　挿絵をご担当くださりました、炎かりよ先生。那智の大人紳士な雰囲気が最高です。かわいいヒロインも、ありがとうございました！　本作に関わってくださいました皆様、見守ってくれる家族や友人、そして、本書をお手に取ってくださりましたあなたに、心から感謝いたします。ありがとうございました。またご縁がありますことを願って。幸せな物語が、少しでも皆様の癒やしになれますように。

令和六年二月／玉紀　直

敏腕検事に助けられたら、手加減なく愛されました
～運命のイチャ甘同居～

Vanilla文庫 Miel

2024年4月20日　第1刷発行　　定価はカバーに表示してあります

著　作　玉紀 直　©NAO TAMAKI 2024
装　画　炎かりよ
発行人　鈴木幸辰
発行所　株式会社ハーパーコリンズ・ジャパン
東京都千代田区大手町1-5-1
電話 04-2951-2000(営業)
0570-008091(読者サービス係)

印刷・製本　中央精版印刷株式会社

Printed in Japan ©K.K.HarperCollins Japan 2024 ISBN978-4-596-54033-1